Les Mystères d'Anglefer

FLEURUS

Illustration de couverture : George Ermos, représenté par l'agence Bright.

Direction : Guillaume Pô
Direction éditoriale : Sarah Malherbe
Édition : Elsa Tirel
Direction de fabrication : Thierry Dubus
Fabrication : Marie Guibert
Composition : Delphine Guéchot
Graphisme de couverture : Éloïse Jensen
Correction : Anne-Sophie Bord

© Fleurus, Paris, 2023, pour l'ensemble de l'ouvrage.
Site : www.fleuruseditions.com
ISBN : 978-2-215-18296-2
Code MDS : FS82962

Tous droits réservés pour tous pays.
Loi n°49-956 du 16 juillet 1949 sur les publications destinées à la jeunesse, modifiée par la loi n°2011-525 du 17 mai 2011.

Johan Heliot

Les Mystères d'Anglefer

FLEURUS

Prologue
La cité de ferraille

Anglefer n'est pas un nom quelconque.

Il dit tout de la dureté de cette ville qui, pour ses habitants, constitue l'univers entier. Ils ne connaissent rien d'autre que leur cité, sans pourtant en maîtriser tous les recoins.

À Anglefer, l'acier règne en maître. D'innombrables tuyaux métalliques permettent de faire circuler les énergies au sein de ce cosmos en modèle réduit… et d'y maintenir la vie même ! L'eau, si précieuse, l'air, tout autant, mais aussi le gaz et diverses substances passent d'une strate à l'autre de la ville-univers au travers de cet immense réseau fait de canalisations, de rouages et de machines.

Anglefer, en effet, ne saurait se contenter d'un seul niveau. La cité s'étire dans la direction de chacun des quatre points cardinaux, mais aussi vers les cieux comme vers les entrailles de la terre.

À quelle altitude ses palais célestes se hissent-ils ? Jusqu'à quelle profondeur ses tuyaux s'enfouissent-ils ? Bien malin qui pourrait s'en douter !

Car Anglefer est un immense labyrinthe, insensé en apparence, protégé par une Muraille réputée infranchissable.

Une Muraille dressée sur rails, pour que la ville puisse toujours repousser ses frontières et étendre son territoire.

Oui, aucun doute à avoir, Anglefer n'a décidément rien d'un endroit ordinaire ! Elle recèle bien des mystères. En voici au moins trois…

Partie 1

UN MYSTÈRE À QUATRE PATTES

Chapitre 1
Treize années au sommet du monde

Feu-Vif s'amuse à la narguer. Il est là, flamboyant et rapide, courant si vite qu'il donne l'impression de voler. Son fin museau pointe ici et là, depuis une enfilade de passerelles métalliques jetées par-dessus un précipice sans fin. Altaïr s'avance avec prudence, craignant la chute mortelle. Plusieurs mètres sous ses pieds, un épais brouillard aux reflets de plomb verdâtre s'étend... C'est le Schmock, qui pollue les quartiers inférieurs d'Anglefer. Au moindre faux pas, elle le sait, tout sera terminé. Elle basculera dans le vide. Mais une force irrésistible l'oblige à continuer, à poursuivre le facétieux Feu-Vif vers sa mystérieuse destination…

Soudain, un choc ébranle le pont sur lequel Altaïr se tient. Autour d'elle, les tours tremblent sur leurs longs piliers, dont elle ne peut apercevoir la base, engloutie par le Schmock plusieurs centaines de pieds plus bas.

Altaïr comprend qu'elle n'aura pas le temps de courir se mettre à l'abri. Plus loin, Feu-Vif paraît une dernière fois, le regard brillant rivé au sien, une expression de regret traversant ses traits d'une sauvage beauté.

Tu y étais presque. Dommage!

La structure du pont se désagrège. Altaïr n'a pas le temps de crier. Elle tombe tout droit vers la masse sombre et malodorante des émanations de la cité. C'est la fin…

Altaïr bloque son souffle d'instinct, comme le lui a appris son père. Le Schmock l'avale tout entière.

–Debout, mademoiselle. Une belle journée nous attend aujourd'hui.

Chapitre 1

La voix ramène brusquement Altaïr à la réalité. Elle ouvre les yeux et découvre les voilages de son lit à baldaquin faiblement agités par une brise parfumée.

C'était encore ce même rêve, avec cette drôle de créature ! Altaïr n'en a jamais vu de pareille dans tout Anglefer. Elle ne sait pas comment l'appeler, ni même s'il existe une façon de la nommer. Alors, elle l'a baptisée de la manière la plus logique qui se pouvait : Feu-Vif, en raison de sa couleur et de sa vivacité.

La jeune fille se redresse, soudain alerte. Une silhouette imposante s'encadre devant la fenêtre ouverte sur un rectangle de ciel bleu baigné de clarté.

– Que... qui êtes-vous ? balbutie Altaïr, troublée mais pas apeurée.

Quel danger pourrait-elle bien courir ? Les sommets d'Anglefer offrent à leurs habitants la plus totale sécurité, au contraire des Bas Quartiers. Enfin, selon ce qu'elle en sait ! Altaïr n'a jamais mis les pieds sous la couche de Schmock. Elle ne connaît que les Hautes Sphères, où elle est née et où elle a grandi. Mais parfois, son père lui décrit la dureté du monde d'en bas...

Dans un réflexe de pudeur, elle ramène le drap de soie jusqu'à son cou. Puis elle reporte son attention sur l'inconnu, dont la voix ne lui rappelle aucun souvenir quand il répond :

– Votre serviteur, mademoiselle Watts.

Il faut quelques instants à la jeune fille pour saisir à quoi elle a affaire.

– Un ferhom ! Vous êtes un ferhom…

L'intéressé ne dément pas. Il s'approche du lit d'un pas lourd, qui fait grincer les lames du plancher composé de bois authentique – une matière luxueuse à Anglefer. Altaïr, intriguée, ne parvient pas à réprimer un frisson. Elle n'avait encore jamais vu un ferhom d'aussi près. Comme tous les siens, il est impressionnant, plus grand et large que la majorité des humains – bien plus encore que le docteur Watts, modeste de taille et étroit d'épaules !

– Information correcte, confirme-t-il sans avoir à remuer les lèvres, moulées dans l'acier de son masque impassible.

Son visage ressemble à tous ceux de son espèce. L'expression y demeure figée dans un éternel demi-sourire.

Le nez est une simple bosse, les yeux ne sont que deux creux percés d'une minuscule fente, sous un front lisse et chromé. Altaïr imagine le mouvement incessant des rouages et des ressorts qui se cachent là-dessous, des lamelles de métal souple frappant les cristaux générateurs de sons, responsables de cette voix dénuée de toute intonation.

– À votre disposition, mademoiselle, reprend-il, posté dans une espèce de garde-à-vous servile. J'attends vos instructions.

Altaïr ne sait pas quoi répondre. Elle n'a jamais donné de consignes ou d'ordres à quiconque. Pas même à une machine de forme humaine conçue pour obéir à des maîtres humains…

Elle ne reste toutefois pas longtemps dans l'embarras. La porte de sa chambre coulisse sur son rail pour laisser apparaître son père.

– Bon anniversaire, ma chérie ! Pardonne-moi cette surprise à ton réveil, mais j'étais trop impatient. Je ne pouvais pas attendre la cérémonie pour t'offrir ton cadeau. J'espère qu'il te plaît !

Le docteur Watts pétille d'une joie difficilement contenue. L'effet s'avère comique: il sautille d'un pied sur l'autre. Les pointes de ses moustaches et de sa barbiche fournie frétillent quand il rit du bon tour joué à sa fille.

– Treize douces-saisons, déjà! continue-t-il, ému. Je n'en reviens pas… Ce soir, tout ce qu'Anglefer compte de notables et de célébrités viendra assister à ton entrée dans le haut-monde. Comme je suis fier de toi, ma chère enfant!

Altaïr ne l'écoute qu'à moitié. Le ferhom penché au-dessus de son lit, immobile, attentif, semble la captiver. Son père lui a passé un habit de laquais taillé à sa mesure: souliers vernis, strict pantalon gris, au pli impeccable, chemise immaculée et gilet à rayures jaunes et noires. Dans le silence retombé sur la chambre, on peut entendre cliqueter les mécanismes qui l'animent.

Quel cadeau! Elle s'attendait à un bijou, une robe, de nouveaux rouleaux-bavards, un jouet éventuellement. Mais *ça*, vraiment, en aucun cas!

– Je ne sais pas quoi dire, papa…

– Un simple merci suffira.

Sa bonne humeur a fui le docteur Watts. Il lève le sourcil au-dessus de ses lunettes dont les multiples foyers font office de loupe et parfois de microscope.

– Tu ne sembles pas ravie, fait-il remarquer. Sais-tu combien de tes camarades seraient prêts à implorer leurs parents pour obtenir un tel présent ? Tous, je puis te l'assurer ! Posséder ton propre ferhom est le signe d'une extrême distinction, qui t'élève au-dessus du rang. Je l'ai programmé pour qu'il réagisse seulement au timbre de ta voix, en plus de la mienne. Demande-lui quelque chose, n'importe quoi, n'hésite surtout pas !

Altaïr s'en voudrait de peiner celui qui l'a élevée seul (si l'on ne compte ni les nourrices, ni les gouvernantes ou les précepteurs) après la mort en couches de sa mère, Cécilia. Alors, elle cherche et finit par lancer au ferhom, avec un brin d'hésitation :

– Apporte-moi ma robe de chambre, je te prie.

– Inutile de lui adresser tant de politesses, il n'est pas susceptible, la raille affectueusement son père.

Dès qu'il a perçu le son de la voix d'Altaïr, le ferhom s'est animé. De sa démarche raide, il rejoint le mannequin d'osier drapé des pans du vêtement demandé. Pendant un court instant, Altaïr redoute qu'il ne déchire le velours imprimé de fleurs de lys entre ses doigts métalliques. Mais il s'acquitte de sa tâche avec un soin surprenant et dépose la robe de chambre sur le bord du matelas sans même la froisser.

– Merci, ne peut s'empêcher de lâcher Altaïr.

– Avec lui, c'est venu spontanément, souligne le docteur, un peu vexé.

Altaïr ravale un soupir. Elle a beau savoir que les ferhoms ne sont que des machines, c'est plus fort qu'elle : elle ne peut pas les considérer seulement comme telles. Peut-être à cause de toutes les histoires contées par ses rouleaux-bavards ? Comme celle de Krugg le Brave, qui finit par triompher des épreuves grâce au sacrifice de son ferhom dans le dernier chapitre. Ce passage arrache à la jeune fille une larme chaque fois qu'elle l'écoute avant de s'endormir…

– Oh, papa, tu ne vas quand même pas être jaloux ?

Le rire qui fuse de sous les moustaches du docteur rassure aussitôt Altaïr.

– Pas le moins du monde, ma chérie, répond-il, des plis de malice au coin des yeux. Ce serait un comble ! J'en suis le créateur ! Sans moi, ce ferhom n'existerait pas, pas plus qu'aucun de ses semblables. Alors comment pourrais-je lui envier quoi que ce soit ?

La question flotte plusieurs secondes dans l'air doux de la chambre. Puis le docteur dépose un baiser furtif sur le crâne d'Altaïr avant de se diriger vers la sortie à petits pas bondissants.

– J'ai encore moult détails à régler pour la cérémonie, je veux que tout soit parfait pour toi. Tu as toute la journée pour t'apprêter et te faire éblouissante. Ce soir, Anglefer sera à tes pieds et chantera tes louanges !

Altaïr n'en souhaite pas tant. Mais elle se pliera de bonne grâce au jeu des convenances. Après tout, son père n'agit-il pas pour son bien, comme il le fait aussi jour après jour pour celui des millions de citoyens d'Anglefer ?

Chapitre 2
Piégés dans les bas-fonds

La cendrée-sombre tombe sans discontinuer depuis tant de journées et de nuits qu'on a fini par en oublier le nombre dans les bas-fonds de la cité.

Mais Ormo se moque bien des coulées de crasse collante qui noircissent la peau, les vêtements, les façades rouillées et leurs vitres rarement nettoyées – à quoi bon, puisque la cendrée-sombre recouvrira tout de nouveau ?

Le garçon a d'autres soucis pour le moment. S'il ne trouve pas vite une solution, cette mission de décrassage se terminera sous peu par la digestion de tous ses membres dans les entrailles d'Enfer d'Anges…

– Secoue-toi, Ormo, crénom !

Le cri d'Elbert le sort de ses pensées. Ormo rajuste son foulard filtrant et ses lunettes de protection. Son casque de fer bosselé se cogne à la voûte du plafond chaque fois qu'il relève le menton.

Comment le niveau des eaux usées a-t-il pu grimper si vite et les coincer, Elbert, Garth et lui, dans ce coude du boyau où ils travaillent ? Emmêlés dans leurs câbles de sécurité, ils ne peuvent plus bouger ; les voilà sur le point d'être noyés…

Ormo prend une profonde inspiration. La toile de son foulard se colle à son nez et à ses lèvres. Il avale une goulée d'air si épaisse qu'il pourrait la mâcher. L'odeur est insoutenable, elle lui donne le vertige. Mais Ormo y puise un surplus de vigueur.

Comme tous les décrasseurs, il respire l'infection depuis l'enfance et sa toute première mission, dix ans plus tôt, dans le labyrinthe souterrain où s'évacuent les saletés tombées des sommets, par-delà le Schmock. Alors âgé de cinq moites-saisons, il n'avait pas rejoint la confrérie par choix, mais par besoin. Et parce qu'il possédait la taille idéale pour se glisser dans les conduites inaccessibles aux plus grands. Comme il avait eu peur quand les ténèbres empuanties l'avaient avalé cette fois-là ! Il s'était persuadé qu'il ne remonterait jamais à la surface. Enfer d'Anges peut être parfois féroce envers ses habitants !

Depuis, il a appris à maîtriser ses craintes. À quinze moites-saisons, il n'a plus rien d'un enfant. Ce qui n'est pas une raison pour accepter de mourir trop rapidement ! Il doit se ressaisir, et vite.

Ormo plonge alors tout entier dans le brouet infâme. Tâtonnant, aveuglé, il cherche la boîte à outils déposée à ses pieds quelques instants avant le déferlement du flot puant. Pourvu qu'elle n'ait pas été emportée !

Non, la voilà, coincée contre un tuyau…

Toujours en apnée, Ormo la déverrouille du bout des doigts, puis fouille à l'intérieur, jusqu'à repérer la lame aux dents affûtées qu'il cherchait.

Il s'empare de la scie et s'attaque au filin qui lui bloque les chevilles. Chaque mouvement lui coûte un effort surhumain, car il doit lutter contre la pression qui s'accroît chaque instant.

Pendant ce temps, tout près, les autres décrasseurs luttent pour leur survie. Il y a Elbert, son plus vieux camarade, son frère d'âme à défaut de sang, né et élevé comme lui dans les profondeurs d'Anglefer. Et Garth, un gringalet si mince qu'il est capable de se faufiler là où d'autres ne peuvent glisser qu'une main…

Si Ormo ne parvient pas à les débarrasser de leurs entraves, ils seront tous condamnés.

Chacun de ses muscles le brûle avec intensité. Ses poumons sont sur le point d'éclater. Pourtant, il ne cesse de manier la scie, pour faire céder le câble…

Jusqu'à ce qu'enfin sa cheville soit libérée!

Ormo se dégage en quelques mouvements et vient coller sa bouche à la voûte du plafond où stagne une poche d'air vicié.

Il aspire tout ce qu'il peut. Comme c'est bon!

Mais pas le temps de s'attarder.

Elbert et Garth ont besoin de son aide. Il replonge et nage vers l'endroit où ses compagnons se tenaient avant que le courant ne les arrache par surprise à leur position. Ils étaient alors accrochés à un gros tuyau, occupés à le récurer. S'ils n'avaient pas été arrimés, ils auraient été emportés bien plus loin et se seraient fracassé les os contre une paroi…

Ormo repère Elbert du bout des doigts – impossible de se tromper, car il est le plus massif des trois. Et celui capable de retenir le plus longtemps sa respiration ! Ensemble, ils parviennent à démêler le nœud de câblage qui l'entrave. Puis les deux amis s'occupent de délivrer Garth. Hélas, celui-ci reste inanimé entre leurs bras.

– Accroche-toi, frérot ! le supplie Ormo en le secouant. Ne nous fais pas ce coup-là !

Mais Garth ne réagit pas.

Elbert l'agrippe par le col et l'entraîne jusqu'à atteindre un nœud de canalisations émergeant des eaux, tel un îlot providentiel, quelques mètres plus loin. Ormo les suit, mi-pataugeant, mi-nageant.

Le détail de la voûte d'acier du plafond lui apparaît avec netteté malgré l'absence de toute clarté. C'est l'avantage d'être né si bas et de travailler dans le ventre de la cité : les yeux des décrasseurs se sont tant habitués à l'obscurité qu'ils sont capables d'en percer les secrets.

– Respire, crénom, respire…

Elbert presse ses lèvres contre celles de Garth pour partager son souffle. Ormo appuie sur la poitrine de leur ami au rythme d'un cœur qui bat, comme on lui a appris à le faire dans ces cas-là.

– Bats-toi, frérot ! l'encourage-t-il. Tu n'as pas le droit de mourir !

Après un moment, Garth finit par émettre un râle et recracher un filet d'eaux usées. Elbert et Ormo laissent éclater leur joie par des cris qui résonnent dans tout le boyau.

– Tu nous as fichu une sacrée frousse, dit Elbert sur un ton de reproche exagéré.

– Navré, frérot, réplique Garth avec difficulté.

– C'est bon pour cette fois, sourit Ormo dans l'obscurité. Mais ne t'avise pas de recommencer !

Ils rient tous les trois, trempés et grelottants, mais réjouis d'être vivants, malgré leur piteux état.

Chapitre 2

Après avoir récupéré un peu de forces, Garth demande :

– Qu'est-ce qu'il s'est passé, à votre avis ?

– Une canalisation a dû céder en amont, suppose Ormo. Ça arrive souvent ces derniers temps. Les plus anciennes sont si rouillées qu'elles se désagrègent sous la pression…

– Les entrailles de la cité sont pourries, coupe Elbert, voilà tout ! Ce n'est pas une nouveauté. On aura beau se décarcasser à les décrasser tout le reste de notre existence, ça n'y changera rien. Enfer d'Anges est une malédiction pour ses habitants !

– Pas pour tous, rappelle Ormo avec un geste du menton en direction du plafond.

Là-haut, songe le garçon, *il y a les Célestes. Et le Schmock entre eux et nous…*

– On s'en fout des nantis, tranche Elbert, devinant le cours des pensées de son ami. Tirons-nous d'ici tant qu'on peut. Le niveau n'arrête pas de monter.

Il n'a pas tort, constate Ormo. La rivière n'en finit pas de charrier davantage d'immondices. Ils doivent se frayer un chemin vers le niveau supérieur avant d'être engloutis. Mais avec Garth aussi affaibli, ça n'aura rien d'une partie de plaisir !

– Allons-y, lance-t-il en se jetant le premier à l'eau. On se relaiera pour te porter, frérot. On est entrés à trois, pas question de ressortir à moins !

Chapitre 3
Quelques bouchées de nuage glacé

Altaïr s'habitue mal à la présence du ferhom, plus collant qu'une ombre, mais beaucoup moins discret. Partout où elle se rend pour ses activités, il ne la quitte pas d'un pouce. Au petit-déjeuner, servi sur la terrasse au point de vue panoramique sur les palais célestes ; pendant l'essayage de la robe spécialement taillée pour son anniversaire ; et encore tandis qu'elle répète quelques pas de danse sous la houlette d'un maître engagé tout exprès par son père…

– Et si je t'ordonnais de m'abandonner ? lui demande Altaïr, le temps d'une pause entre deux pirouettes.

L'histoire de Krugg le Brave l'incite à la curiosité. Dans le récit dont elle a usé le rouleau-bavard à force de l'écouter, le héros est toujours accompagné de son domestique d'acier. Le ferhom, nommé Zoltan (dans la fiction, tout est possible, même donner un nom à des machines !), pousse la fidélité jusqu'au sacrifice, prenant la place de son propriétaire quand un démon essaie de l'attirer en enfer. La morale à en tirer est claire : les ferhoms ont le sens du devoir chevillé au corps, et leur vie ne vaut pas celle d'un humain. À la fin du conte, tout le monde se réjouit du retour du garçon, mais personne ne pleure le courageux Zoltan…

– Alors ? insiste-t-elle. Que ferais-tu ?

Elle peut presque entendre cliqueter les rouages derrière le masque, par-dessus les notes de la valse qui s'échappent du cornet acoustique en forme de fleur éclose.

– Restez concentrée, je vous prie, la sermonne son professeur. Vous allez ouvrir le bal avec votre père, le docteur Watts y tient énormément…

Altaïr l'ignore, attendant la réponse de son ferhom planté au bord du parquet ciré.

– Je ne pourrais obéir à cet ordre, finit-il par répliquer.

Impossible de savoir s'il le regrette ou pas, comme il ne met aucune inflexion dans sa voix.

– Je croyais que tu étais censé exaucer tous mes souhaits.

– Je ne peux désobéir à la première injonction du docteur : veiller sur mademoiselle en toutes circonstances.

– Parce qu'il est ton créateur, devine Altaïr. Sa volonté prime sur tout le reste, y compris sur la mienne.

– Le docteur Watts tient par-dessus tout à ce que vous éblouissiez les invités ce soir, rappelle le maître de danse. Pour cela, il faut encore vous entraîner. Reprenons, s'il vous plaît.

Il l'implore presque, cette fois. Altaïr capitule volontiers. Inutile de lui attirer des ennuis. C'est reparti pour quelques tourbillons, le pas léger, au son grêle d'un violon soutenu par les arpèges d'un piano mécanique.

Une collation s'impose après les exercices de la matinée. L'appétit d'Altaïr n'est pas démesuré. S'il faut en croire son père, elle tient cela de sa mère – l'un des rares aveux qu'Altaïr a réussi à arracher à son père, qui se ferme dès que le sujet de son épouse est abordé. La disparition prématurée de Cécilia l'affecte encore énormément, au point qu'il n'a jamais cherché à se remarier, préférant se consacrer à son travail plutôt qu'à un nouveau ménage. Cela ne l'a pas empêché de veiller sur Altaïr, avec un mélange d'amour et de sévérité parfois pesant. La jeune fille regrette surtout l'isolement dans lequel elle a grandi, sans frère ni sœur avec qui partager ses secrets, ses soucis. Elle n'a pas non plus de véritables amis, les autres enfants des sommets ayant toujours eu du mal à se comporter normalement avec elle – à cause de la position de son père.

– Allons dîner dans un endroit agréable, propose-t-elle au ferhom.

Comme s'il pouvait avoir le choix !

Pimpante dans sa robe de soie, un chapeau à larges bords la protégeant des rayons du soleil, Altaïr s'engage sur la passerelle reliant la bulle du maître de danse à sa plus proche voisine. Elle jette à peine un coup d'œil aux centaines de gigantesques sphères dispersées tout autour d'elle, flottant grâce à un gaz plus léger que l'air. Elle ne prête pas plus attention aux piliers du ciel, ces milliers de tubes et de tuyaux qui acheminent depuis les usines des Bas Quartiers tout ce qu'il est impossible de produire ici même et qui transportent en retour les déchets dans les profondeurs d'Anglefer.

En revanche, la jeune fille prend bien soin de saluer celles et ceux qu'elle croise sur son parcours, de pont en pont, de bulle en bulle, jusqu'à ce qu'elle parvienne à sa destination : le *Palais des gourmets*.

Aucun Céleste n'ignore qui elle est. La réputation du docteur l'accompagne partout où ses pas la portent. Nombreux sont les flagorneurs : ceux qui s'inclinent bas devant elle, car ils pensent que flatter la fille leur vaudra l'attention, sinon l'estime, du père. Les garçons de son âge, ou vieux de quelques douces-saisons supplémentaires, soulèvent leur couvre-chef sur son passage, exhibant leurs dents blanches dans de parfaits sourires. Les demoiselles de la même génération lui adressent un plus discret signe du menton ou abaissent leur ombrelle. Altaïr répond à tous avec la même amabilité. Cependant, elle ne s'arrête jamais pour engager la conversation. L'envie ne lui manque pas, mais que dire à ces gens qu'elle ne connaît pas vraiment ?

Ce soir, il faudra bien qu'elle se décide. L'anniversaire de ses treize douces-saisons marquera son entrée dans la société des Célestes de haut rang. Ce soir, elle ne sera officiellement plus une enfant. Une nouvelle vie commencera pour elle, qui l'obligera à s'engager envers un prétendant, à lui promettre de partager son existence, comme sa mère a choisi de lier son destin à celui du docteur des années plus tôt…

Cette perspective effraie Altaïr. Elle soupçonne son père de lui avoir offert le ferhom pour l'aider à affronter ce qu'elle ne voit que comme une épreuve. Sans doute aussi est-ce une façon pour lui de conserver un œil sur elle et les jeunes gens qui lui déclareront leur flamme !

En attendant, elle peut encore s'offrir comme un caprice l'une de ses gourmandises favorites. Le *Palais des gourmets* est réputé pour ses nuages glacés d'une légèreté exquise. Cette spécialité attire une clientèle venue de bulles lointaines, voyageant à bord d'un des trains aériens qui serpentent dans l'azur d'Anglefer sur leur monorail sans fin.

Aujourd'hui, constate Altaïr dès son entrée, l'établissement fait encore salle comble. Chaque table est prise d'assaut. Les dîneurs s'interrompent, le temps de jeter un regard interloqué sur la nouvelle venue, et surtout sur son accompagnateur. Le ballet des serveurs ferhoms ne s'arrête en revanche pas une seconde.

– Mademoiselle Watts, c'est un honneur de vous recevoir ! s'exclame l'individu qui vient de se matérialiser à ses côtés.

Le chef de rang est bien sûr constitué de chair et d'os, lui. Sa moustache luisante le distingue de ses autres collègues humains. S'il occupait un poste plus prestigieux, il porterait la barbe ou de longs favoris sur le côté du visage, ou encore un bouc semblable à celui du docteur – une façon de montrer sa reconnaissance au bienfaiteur d'Anglefer.

– Merci, Bertram. Je vois que vous êtes complet. Je reviendrai plus tard dans la journée, si j'en ai l'occasion…

– Vous n'y pensez pas !

Bertram affiche une mine horrifiée. Il pivote sur ses talons et frappe dans ses mains trois fois d'affilée. Un ferhom en tablier accourt de sa démarche cadencée.

– La table numéro un pour mademoiselle Watts ! Elle est notre invitée.

Altaïr cherche à protester, mais le chef de rang la devance :

– Un jour exceptionnel comme celui-ci, vous ne pouvez pas refuser !

Altaïr, gênée, contourne une rangée de plantes grasses et découvre, sur une estrade et à l'abri des regards, une grande table ovale. Alors qu'elle s'assoit, son ferhom reste debout, deux pas derrière elle.

– Assieds-toi, commande-t-elle plus rudement qu'elle ne l'aurait voulu. J'en ai assez qu'on ne se comporte pas normalement avec moi !

Un serveur paraît, peut-être le même que tout à l'heure – impossible d'en être certaine, car tous se ressemblent. Altaïr n'a plus envie de sa friandise, mais elle lui demande tout de même un nuage parfumé à la cannelle.

–Et une dose de fluide pour lui, ajoute-t-elle en désignant son domestique.

Elle ne doit en effet pas oublier de lui fournir l'énergie nécessaire à son bon fonctionnement, faute de quoi son père lui en voudrait de ne pas prendre soin de son présent !

Le serveur est vite de retour avec une coupe d'argent, débordant de crème fouettée semée d'éclats d'épices, ainsi qu'une fiole d'acier frappée d'un « W ».

–Je ne sais pas si tu possèdes le sens du goût ni si le fluide est agréable à boire, souffle Altaïr en piochant une bouchée de nuage glacé, mais j'espère que tu vas te régaler, toi aussi !

L'admirable texture de l'entremets la fait retomber aussitôt en enfance. Le goût du sucre en bouche est comme celui de l'innocence. Altaïr aimerait tant la conserver tout au long de son existence… Mais elle sait qu'au lendemain de la cérémonie viendra le temps des responsabilités : son père le lui a assez répété. Non seulement elle devra penser à un mariage, mais il lui faudra aussi prendre part aux affaires politiques et économiques de son père. Tout cela lui semble aussi enthousiasmant qu'un plongeon dans le Schmock. Altaïr étouffe un soupir. Pourquoi faut-il à tout prix grandir ?

Le ferhom dévisse le bouchon chromé situé à hauteur de son gosier, sous le col de sa chemise immaculée. Puis il déverse le contenu de la fiole dans le trou béant. Le liquide trouble s'y écoule avec lenteur. Altaïr n'a que rarement assisté à une scène comme celle-là. Elle sait que le fluide produit par l'usine de son père s'avère indispensable aux ferhoms. Mais la plupart des robots s'abreuvent dans l'intimité ou utilisent les tuyaux et les pompes raccordés au réseau de distribution publique pour ingérer leur dose quotidienne.

Les gestes de son ferhom lui semblent encore mal assurés. *Logique*, songe-t-elle, *puisqu'il n'avait jamais ingurgité de fluide jusqu'alors.* Pour la première fois, il lui apparaît comme un bébé, ou en tout cas, comme un très jeune enfant. Altaïr trouve cela plutôt touchant.

– Je devrais te trouver un nom, réfléchit-elle à voix haute. Ce serait plus pratique, tu ne crois pas ? Et plus juste aussi…

Le ferhom ne fait pas de commentaire. Il repose la fiole vide, revisse le bouchon sur son cou, et rattache son col amidonné.

– Voyons un peu… Que dirais-tu de Zoltan ?

La référence à son conte préféré lui est immédiatement venue à l'esprit. Ainsi nommé, son ferhom pourrait représenter un symbole de l'époque qu'elle s'apprête à quitter. Il acquiesce d'un hochement de tête. Altaïr lui sourit entre deux bouchées de nuage glacé.

– Tu n'es pas compliqué, dit-elle. C'est un compliment que je te fais. Je n'ai pas besoin de deviner tes arrière-pensées, comme avec la plupart des gens. Si tu savais comme les autres peuvent être tordus, parfois !

Zoltan l'écoute sans rien manifester, surtout sans la juger. Altaïr termine sa gourmandise sucrée tout en lui faisant d'autres confidences, surprise d'en éprouver du soulagement.

– Tu sais quoi, Zoltan ? avoue-t-elle au bout d'un moment. J'aime te parler ! Je n'aurais jamais cru cela possible… Merci pour ta compagnie. Mais on ne va pas rester là comme deux croulants en attendant ce soir ! J'ai une proposition à te faire : que dirais-tu d'aller taquiner la lune avec moi ?

Chapitre 4
Quelque chose bouge dans l'obscurité

Ormo s'arrête pour souffler un peu. La tête commence à lui tourner. Ce n'est vraiment pas bon signe…

Elbert dépose Garth avec soin sur le sol couvert d'éclats de pierre suintant d'humidité.

– Tu sais où ça mène ? demande-t-il à mi-voix.

D'un geste, il désigne le tunnel où ils ont atterri.

– Non, avoue Ormo. On n'a jamais effectué de missions dans ce coin-là.

Voilà des heures qu'ils se sont extirpés du boyau inondé et qu'ils marchent dans ce canal, sans possibilité de rebrousser chemin. Ce secteur souterrain est l'un des plus anciens de la cité-monde. C'est aussi l'un des moins fréquentés. Ormo a beau se concentrer, il n'aperçoit aucun signe du passage récent d'une équipe de décrasseurs.

– L'air est de plus en plus lourd, ajoute Elbert.

Ormo le sent bien. Il sait ce que cela signifie. Chaque fois qu'ils prennent une inspiration, les trois amis avalent un dangereux cocktail de gaz putrides, qui vient empoisonner leur sang et leurs pensées. Bientôt, il leur viendra de drôles d'idées, leurs esprits cesseront de fonctionner normalement. Et leurs muscles n'obéiront plus à leur volonté. Alors, ils n'auront plus aucune chance de regagner la surface d'Enfer d'Anges.

– Continuons, dit Ormo. On finira par tomber sur un accès au niveau supérieur, tôt ou tard. Il doit bien y avoir une échelle ou une trappe quelque part…

– Il vaudrait mieux tôt que tard, marmonne Elbert avec un geste en direction de Garth.

– Vous en… faites pas… pour moi, frérots, tente de les rassurer ce dernier en haletant avec difficulté. Je suis pas… près de rejoindre… l'Eireland des Anciens !

Chapitre 4

L'allusion à l'outre-monde, où vagabondent les âmes enfuies, fait frissonner Ormo. Il prononce malgré lui les paroles du rituel de protection, vides de sens, mais dont les sonorités repoussent la peur de l'inconnu :

– *Verts pâturages, douces prairies…*

– « Verts pâturages », répète Elbert en embrassant son poing serré.

Les mots résonnent étrangement dans l'immense corridor voûté. Leur signification échappe aux trois amis. Prairies ? Pâturages ? Ni plus ni moins que des mystères pour les habitants des strates inférieures d'Anglefer !

Mais qu'importe. Le rituel les accompagne depuis aussi longtemps qu'ils s'en souviennent. Gamins, à peine capables de se tenir sur leurs deux jambes, ils entendaient les Anciens le répéter chaque fois qu'ils souhaitaient invoquer le secours d'un esprit protecteur. Et ça fonctionnait la plupart du temps. Alors, pourquoi pas aujourd'hui ?

Elbert et Ormo se remettent en mouvement, soutenant Garth chacun par un bras. La galerie est assez large pour qu'ils avancent à trois de front. Les parois incurvées, où s'accrochent de très vieux tuyaux crevés, ne sont pas en acier, mais faites à partir d'un matériau rocheux, lisse au toucher. Plus curieux: par endroits, des bouts de bois pourris, espacés avec régularité, s'alignent le long du sol.

– Ça sert à quoi, tu crois? interroge Elbert.

– Comment veux-tu que je le sache? répond Ormo. Je ne suis jamais descendu jusque-là.

– Je me rappelle… Ol'Barney et ses menteries…, lâche Garth, entre deux râles. Il m'a parlé… une fois de trains… qui circulaient sous terre…

– Économise ton souffle, conseille Elbert. Tout ça, c'est du délire!

Le grand décrasseur crache à terre pour montrer ce qu'il pense des histoires inventées par le doyen de leur fraternité.

– Ol'Barney a respiré trop de gaz mauvais et le Schmock a envahi son crâne, poursuit-il. Et puis, il est si vieux que tout ce dont il se souvient mélange fiction et réalité. Certains prétendent qu'il a dépassé les quarante moites-saisons, mais ça paraît difficile à croire…

Chapitre 4

–Menteries ou pas, dit Ormo, peu importe. Ceux qui ont creusé cette galerie ne sont pas venus de nulle part. Ouvrez les oreilles, frérots !

Leurs yeux ne sont pas d'une grande utilité, même s'ils se sont habitués à la pénombre et s'ils peuvent percevoir de nombreux détails autour d'eux. Mais leur ouïe s'est à ce point affûtée qu'ils sont tous trois capables de repérer des bruits d'une grande subtilité. Comme le sifflement d'un courant d'air s'immisçant par une fissure ou sous une porte de sortie…

–Vous entendez ? demande Elbert. Ça vient de ce côté, un peu plus loin devant.

Il agite sa main gauche. Ormo se concentre. Le murmure du vent signale la présence d'un conduit relié à la surface. Il ne s'était pas trompé, il y a bel et bien une issue, quelque part, dans ce tunnel !

Quelques instants plus tard, les trois équipiers débouchent sur un espace plus large. Ils doivent escalader une sorte de rempart surélevé avant de reposer les pieds sur un sol plat, jonché de débris. Pendant l'opération, Garth pousse des gémissements. Sans l'aide de ses amis, il n'y serait jamais parvenu. Ormo et Elbert échangent un regard inquiet, comprenant que l'état de leur confrère ne cesse d'empirer. Ils le laissent se reposer, tandis qu'ils explorent les environs.

Ils ne tardent pas à repérer l'entrée d'un couloir, qui s'échappe en dessinant un coude dans les ténèbres. C'est de là que provient le courant d'air. Ormo hume ce dernier, narines frémissantes. Il ne capte pas d'odeur menaçante, mais celle de quelque chose qu'il a du mal à identifier. Quelque chose qu'il associe sans trop savoir pourquoi à l'Eireland des Anciens…

Il hésite à interroger ses amis à ce sujet. Peut-être ne s'agit-il que d'un dérèglement de ses sens sous l'effet des gaz hallucinatoires… Inutile d'inquiéter Garth et Elbert. La situation est déjà assez compliquée !

– Avançons dans cette direction, propose-t-il. On n'a pas le choix, de toute façon…

Ormo et Elbert aident Garth à se remettre sur pied, puis le trio repart. Le couloir s'étire sur une distance plus importante qu'ils ne l'auraient supposé, traçant des courbes sans logique apparente. Tous trois, essoufflés, finissent par faire face à une grille de fer condamnée par une chaîne rouillée.

– Mercaille ! s'exclame Elbert, usant de son injure favorite.

D'impuissance et de rage, il envoie son poing contre la treille formée par les barreaux croisés. Le coup résonne avec fracas dans les méandres du couloir et de l'autre côté de la grille… où le regard d'Ormo capture un mouvement furtif. Quelque chose s'agite là-bas, dans la pénombre, et semble se rapprocher…

Tout cela est-il le fruit de son imagination ?

Pas le temps de s'interroger. Garth se plie soudain en deux, terrassé par une violente crise de toux. Elbert tente de l'apaiser comme il peut :

– Courage, frérot ! Ça va passer… On y est presque.

Mais la respiration de son équipier se fait de plus en plus bruyante, comme s'il avait un brasier allumé dans les poumons.

– Pas de menteries… avec moi, s'il te plaît… Tu n'es pas Ol'Barney, parvient à plaisanter Garth avant de s'écrouler entre les bras de ses amis, inconscient.

– Non ! crie Elbert. Reviens à toi, crénom !

Il s'apprête à le gifler pour le ranimer, mais Ormo l'en empêche.

– Arrête, tu risques de lui faire plus de mal…

– Il va mourir, mercaille ! Tu ne piges donc pas ?

Ormo accuse le coup.

– Si, souffle-t-il en refoulant un sanglot. Il a été plus salement blessé qu'on le croyait quand le flot l'a emporté. Mais qu'est-ce qu'on peut faire ? Ce qu'il faut, c'est le ramener au plus vite à la surface et le confier à Nella.

La guérisseuse ne fait pas de miracles, pense-t-il malgré lui. Si Garth souffre de blessures internes, seule la science des Célestes pourra le sauver. Et ceux-ci ne sont pas connus pour leur compassion envers les habitants des Bas Quartiers…

– On est partis à trois pour cette foutue mission, gronde Elbert, pas question de revenir à moins. Tu dois trouver une solution. C'est toi le plus malin, frérot !

Ormo se passerait bien de cette réputation. Mais leur survie dépend de sa faculté à ne pas céder à la panique. Il rassemble ses esprits, avec l'impression que les mâchoires d'un étau se resserrent sur ses tempes.

Il a sûrement respiré plus de mauvais gaz qu'il n'en faut pour garder les idées claires. Car voilà qu'il aperçoit filer à travers les barreaux de la grille, puis entre ses jambes, une créature dotée d'un museau fin et de deux oreilles taillées en pointe!

Chapitre 5
Taquiner la lune

Le *Palais de la lune* est l'un des plus imposants et élevés d'Anglefer. Dressé sur de gigantesques piliers, et amarré à des bulles voisines grâce à des centaines de câbles qui dessinent une gigantesque toile d'araignée en plein ciel, son volume atteint des proportions telles que le regard ne suffit plus à l'englober quand on s'en approche assez.

En plus des piliers centraux qui soutiennent la structure, une couronne de bulles coiffe les sommets du palais pour l'aider à rester suspendu dans les airs. Plusieurs machines à hélice vrombissent, et des panaches de vapeur s'échappent des tuyaux verticaux qui approvisionnent la bâtisse en énergie.

Altaïr emprunte l'une des passerelles d'acier qui conduisent à l'entrée principale. Le nez en l'air, elle contemple sa destination tout en prenant soin d'éviter la collision avec les nombreux Célestes croisés. Ceux-ci ont heureusement le réflexe de faire un pas de côté en découvrant Zoltan dans le sillage de sa maîtresse.

La présence d'un ferhom en ces lieux a de quoi les étonner. D'ordinaire, les serviteurs mécaniques se cantonnent aux bulles privées, aux établissements ordinaires comme le *Palais des gourmets,* ainsi qu'aux fabriques des niveaux inférieurs. Les autoriser à fréquenter une bulle de divertissement aussi réputée que le *Palais de la lune* relève d'une faute de goût, voire d'éthique, que personne de sensé ne s'aviserait de reprocher à la fille du docteur Watts !

Depuis aussi longtemps qu'elle s'en souvienne, Altaïr adore cet endroit unique en son genre. Toute petite déjà, elle venait s'y amuser sous la surveillance attentive de son père.

Chapitre 5

Si l'on venait à sectionner chaque conduit et chaque câble, songe Altaïr, *qui sait ce qu'il se passerait ?* Le palais s'effondrerait-il ? Disparaîtrait-il sous la couche de Schmock ? Et les bulles connectées s'envoleraient-elles ? Grimperaient-elles jusqu'à la lune ? Ou franchiraient-elles la Muraille, invisible depuis le cœur de la ville ?

En voilà des idées fantasques, se fustige Altaïr. Elle les chasse de son esprit dès qu'elle pénètre dans le palais pour emprunter aussitôt le grand escalier situé à sa droite :

– Suis-moi, Zoltan, crie-t-elle, survoltée. Tu ne vas pas en revenir !

Ils débouchent sur une immense terrasse, abritée par une toile gonflée en forme de globe. Là, sous le décor peint de cratères colorés, plusieurs centaines de Célestes s'ébattent joyeusement en agitant les ailes qu'on a accrochées à leurs dos.

Fascinée, Altaïr assiste un moment aux acrobaties des garçons et des filles qui évoluent au-dessus d'elle, admirant leur maîtrise et leur grâce. Puis elle se dirige vers l'immense comptoir circulaire qui occupe toute la base de la terrasse.

Les employés s'activent d'un bout à l'autre, courant jusqu'aux casiers qui renferment les harnais de voltige, pour revenir vers les étagères où les ailes sont conservées. La plupart des Célestes se contentent de matériel ordinaire, utilisé par des individus de corpulence peu ou prou similaire. Mais pas les membres des plus prestigieuses familles ! Ceux-là disposent de modèles personnels, conçus sur mesure, parfaitement adaptés à leur taille et à leur poids.

Reconnaissant Altaïr, un employé soulève une partie amovible du comptoir et la salue d'une petite courbette. Il ne proteste pas quand Zoltan s'engouffre dans le sillage de sa maîtresse. Un sourire en coin, Altaïr disparaît entre les rangées de hautes armoires.

Une fois devant son casier gravé d'un W, elle en déverrouille le cadenas à combinaison. Puis elle en retire son harnais sous le regard imperturbable du ferhom et l'enfile en quelques gestes.

Ils rejoignent ensuite la zone d'envol, en bordure du comptoir. Zoltan observe d'un œil impassible celles et ceux qui s'y trouvent, en train de s'échauffer.

Chapitre 5

Certains ont pris la précaution de passer des coques de protection en cuir bouilli renforcé de pièces d'acier aux coudes ou aux genoux. Les moins aguerris portent même des casques ronds.

– Cette activité paraît dangereuse, commente le ferhom.

– Je ne cours aucun risque, assure Altaïr. Du moins, tant que je vole sous cette bulle. Mais qui serait assez fou pour s'aventurer dehors en plein vent avec un équipement aussi léger ? Merci quand même de t'inquiéter, Zoltan. J'apprécie !

Elle actionne le boîtier accroché au centre de son harnais, situé en plein milieu de sa poitrine. Un ronronnement s'élève de l'appareil, alimenté en énergie par l'une des inventions de son père, qu'il a baptisée « pile magnétique ».

Deux paires d'ailes effilées, tissées dans une matière indéchirable et souple, se déploient dans le dos de la jeune fille. Elles se mettent à battre en rythme, d'abord avec une gracieuse lenteur, puis de plus en plus vite, jusqu'à ce que l'œil ne puisse plus en percevoir le mouvement.

Altaïr, ravie, s'élève vers le décor lunaire, représenté au plafond de la sphère. Sous ses yeux, Zoltan ne cesse de rapetisser, ainsi que le comptoir et sa horde d'employés...

Comme c'est bon de voler de nouveau ! Altaïr lâche un éclat de rire, effectue plusieurs cabrioles. Puis elle s'amuse à tracer une parabole, une figure de huit qui ressemble au symbole de l'infini, tout en évitant de croiser la trajectoire des autres usagers.

Ce qu'elle éprouve est plus que de la joie : une sensation de liberté absolue. Elle pourrait taquiner la lune ainsi pendant des heures, sans jamais se lasser... Enfin, si la capacité de la pile magnétique le lui permettait !

Au bout d'une quinzaine de minutes, le boîtier émet un son strident signalant qu'il est temps de regagner le sol. Altaïr se livre alors à une ultime pirouette avant de se poser tout près de Zoltan, qui ne l'a pas lâchée des yeux une seule seconde.

– Je suis entière, tu vois ? lance-t-elle en riant.

– Une collision suivie d'une chute aurait eu de graves conséquences. Vous vous seriez brisé les os. Je ne sais pas si j'aurais pu vous rattraper...

– Rien de tout ça n'a eu lieu, le coupe-t-elle en souriant. Ne t'inquiète donc pas tant ! Je refuse de vivre en pensant toujours au pire. Car ce n'est pas vivre vraiment. Mais je te fais sûrement la leçon en vain, excuse-moi, tu ne peux pas comprendre…

Un bref instant, il semble néanmoins qu'une lueur anime le creux des pupilles du ferhom. *Il ne doit s'agir que d'un reflet envoyé par les lumières artificielles de la bulle,* se dit Altaïr.

– Non, confirme finalement Zoltan. Je ne le peux pas. Les instructions de votre père s'y opposent.

Y aurait-il comme du regret dans sa voix ?

Chapitre 6
Privation de privilège

La créature se déplace à quatre pattes, comme celles qui peuplent les récits des Anciens. Ol'Barney saurait sûrement la nommer, mais Ormo n'a pas la moindre idée de ce dont il s'agit. Il n'est même pas certain qu'elle ne sorte pas tout droit de son esprit !

La drôle d'apparition se faufile par une brèche entrouverte dans la paroi, non loin de la grille condamnée. Il y aurait donc une issue ! En tâtonnant, Ormo repère le contour d'une porte dissimulée dans le mur. Il achève de l'ouvrir en poussant de toutes ses forces, déclenchant un horrible grincement de gonds rouillés.

– Par ici, suivez-moi !

Elbert jette Garth sur l'une de ses épaules et lui emboîte le pas.

– Comment as-tu trouvé ce passage ? demande-t-il tout bas.

Ormo préfère ne pas répondre. S'il avouait la vérité, qu'en penserait son ami ? De plus, la créature s'est évaporée dans ce nouveau couloir, plutôt étroit. Comment Elbert pourrait-il le croire ?

Ils atteignent bientôt les marches d'un escalier en colimaçon. Une longue et pénible ascension débute. Les muscles des garçons leur paraissent moulés dans le même acier que celui des fondations de la cité-monde, aussi difficiles à ployer. Mais l'air qu'ils respirent à travers le filtre de leur foulard devient de moins en moins piquant à mesure qu'ils s'élèvent. L'étau autour des tempes d'Ormo se desserre peu à peu. Ses idées gagnent en clarté. L'image de la créature au museau effilé et aux oreilles pointues lui semble complètement saugrenue, à présent.

Chapitre 6

L'escalier s'achève sur une plateforme éclairée par une unique lampe à gaz. Face à la flammèche bleutée et son doux crépitement, les décrasseurs débordent de joie. Ils ont réussi à regagner un niveau fréquenté d'Enfer d'Anges !

Elbert en profite pour faire une pause. L'oreille collée sur la poitrine de Garth, il constate avec soulagement :

– Son cœur bat. Faiblement, mais il bat !

Ormo est heureux de l'apprendre. S'ils retrouvent rapidement le chemin de leur foyer, Nella pourra s'occuper de Garth. Avec un peu de chance, elle le remettra très vite sur pied !

– Cherchons la sortie, propose-t-il.

Elbert acquiesce et pointe du doigt une porte en fer au bout de la plateforme. Problème : elle ne possède aucune serrure ni poignée ! Elle ne doit s'ouvrir que d'un côté…

Ormo tambourine à coups de poing contre le solide battant.

– Ohé ! appelle-t-il de toutes ses forces. Est-ce que quelqu'un m'entend ?

Sa voix résonne dans l'espace clos. Ormo s'étonne de pouvoir y respirer un air plus sain que dans les profondeurs. Après un rapide examen, il comprend pourquoi. Un mince conduit d'aération s'ouvre à quelques pouces du sol, pas très loin de la porte. Il n'est pas assez large, hélas, pour qu'il puisse s'y glisser, et Elbert pourrait encore moins l'y suivre ! Mais peut-être l'est-il suffisamment pour une créature comme celle qu'il a cru voir ? Ça expliquerait comment elle a pu disparaître…

Pourquoi s'obstiner à y penser ? Réelle ou fantasmée, la créature ne sauvera pas Garth d'une mort certaine s'ils ne se hâtent pas de le sortir de ce piège !

– Ohé ! appelle-t-il encore, la bouche à hauteur du conduit d'aération. Ouvrez-nous si vous nous entendez ! On est enfermés avec un blessé…

Ses cris finissent par attirer l'attention, car soudain, des bruits de ferraille s'élèvent de l'autre côté de la porte.

– Hourra ! s'écrie Elbert. Tu as réussi, Ormo ! On est tirés d'affaire…

Le grand décrasseur s'interrompt au moment où le battant de fer pivote, révélant une large et imposante silhouette. Plantée sur une paire de jambes aussi massives que des poteaux, soutenant un torse de la taille d'un fourneau, elle appartient sans erreur possible à un fercop. Le numéro gravé au milieu du large front chromé ne laisse d'ailleurs aucun doute, pas plus que le W qu'il souligne.

– Mercaille ! jure Elbert, adoptant par réflexe une position de défense, prêt à parer les coups.

Mais Ormo s'interpose face à l'homme-machine représentant la loi des Célestes dans les bas-fonds.

– Officier W1138, l'interpelle-t-il avec autant de respect que possible, merci de votre intervention. Nous avons eu un accident pendant notre mission de décrassage dans le secteur 407. Notre camarade est mal en point…

– Gardez le silence, ordonne le fercop de son timbre dénué d'émotion. Vous avez pénétré dans une zone interdite aux organismes biologiques. Violation de l'article 72-6 du Code de bonne conduite des citoyens d'Anglefer, édicté par le docteur Watts, merci à notre créateur. Vous êtes jugés coupables. Peine requise et applicable sans délai : privation du privilège d'exercer une profession pour la durée d'une moite-saison ; radiation des listes de votre corporation durant une moite-saison ; isolement carcéral pour une période de trois cycles entiers.

– Mercaille ! répète Elbert avec colère. Notre ami va crever si tu ne te secoues pas les boulons, et toi, tu parles de nous jeter en prison ?

Ormo n'a pas le temps de le raisonner, ni même d'intervenir pour l'empêcher de commettre une terrible erreur.

La rage fait bouillir Elbert. La peur de perdre Garth le transforme en fou furieux, insensible aux mises en garde, aux menaces, à la douleur…

Il se jette sur le fercop et lui assène une volée de coups au visage. Ses poings s'écrasent sur le métal du masque du fercop, imperturbable.

W1138 l'attrape par le col souillé de sa combinaison et le décolle du sol sans difficulté.

– Agression caractérisée d'un officier des forces du bien-être social, énonce-t-il avec calme. Violation de l'article 09-1 du Code de bonne conduite des citoyens d'Anglefer, édicté par le docteur Watts, merci à notre créateur. Vous êtes jugé coupable. Peine requise et applicable sans délai : privation du privilège d'exister.

Et le fercop d'armer son bras libre pour porter le coup définitif…

Chapitre 7
Le choix d'Altaïr

Altaïr pénètre dans la bulle de bal sous les regards attentifs des invités de son père. Elle remarque que la plupart ont les yeux rivés sur Zoltan, qui la suit de près. La stupeur se lit sur certains visages. Sur d'autres, derrière le sourire figé, on devine sans peine l'envie, d'autant plus que très peu de jeunes Célestes ont eu droit à une cérémonie aussi fastueuse le jour de leur treizième anniversaire !

La jeune fille s'avance d'un pas tranquille, saluant celles et ceux qui s'inclinent sur son passage. La musique couvre le brouhaha des rires et des conversations. Les notes acides des violons se mêlent aux timbres suaves des cuivres et des bois. Le docteur Watts a engagé un véritable orchestre. Pas question de se contenter de vulgaires enregistrements sur rouleaux-bavards pour fêter l'événement !

Le petit homme fend la foule, les bras ouverts en grand. Sa redingote moule son début de bedaine, le cirage masque les poils blancs de sa barbiche, mais l'énergie qui le transporte dément le poids des douces-saisons.

– Ma chérie, te voilà enfin ! Tu es magnifique, vraiment !

Après deux heures entre les mains d'une habilleuse et d'un coiffeur, d'une maquilleuse et d'un chausseur, sans oublier la manucure, le contraire serait décevant. Altaïr n'en demandait d'ailleurs pas tant. Ces apparats la gênent, même si elle en comprend l'importance. Cette soirée lui appartient, il convient donc qu'elle brille. Elle remercie son père d'une révérence.

– Accorde-moi ta première danse, lui demande-t-il en tendant la main.

Chapitre 7

Elle s'en saisit avec un sourire non feint. Le chef d'orchestre lance alors le signal de la valse tant et tant répétée au matin. Les pieds d'Altaïr se mettent en mouvement comme par réflexe. Les invités s'écartent de la piste pour former un cercle tout autour. Père et fille tourbillonnent en cadence. Fermant à demi les yeux, Altaïr s'imagine au *Palais de la lune*, évoluant dans les airs, toutes ailes déployées…

Un instant, elle oublie qui elle est, sa position et les jalousies qu'elle suscite, la renommée de l'homme qui conduit la danse et qui règne sur Anglefer depuis de longues années, bien avant sa naissance.

Pendant ce moment intime, bien qu'exposé à la vue de la meilleure société, Altaïr s'imagine heureuse, comblée.

Cela ne dure qu'un temps, car sitôt la valse achevée sous les applaudissements, son père la ramène à la réalité :

– Maintenant, avant de poursuivre les festivités, tu dois prêter serment.

Il l'entraîne vers l'estrade dressée pour les musiciens. Ceux-ci entament les premières mesures de l'hymne d'Anglefer, dont les paroles jaillissent de tous les gosiers :

Gloire à l'acier,
Gloire aux machines,
Au rêve de fer
Du docteur Watts !

Longue vie, noble cité,
Dans le ciel pur,
Toi qui t'élèves
Aux cimes du temps !

Anglefer, Anglefer,
Puisses-tu durer mille ans,
Et que tous tes enfants
Bénissent ton protecteur !

Une salve de hourras ponctue le dernier mot du chant. Le docteur salue ses admirateurs, la main sur le cœur. Puis il s'efface, pour laisser toute la place à sa fille, Altaïr.

– À toi de jouer, ma chérie. Parle haut et fort, sois fière de qui tu es !

Chapitre 7

Le texte du serment n'a pas été difficile à retenir. Altaïr le récite d'une voix claire, sans hésiter, face aux centaines de Célestes venus de toute la cité, certains étant même arrivés par monorail aérien.

– Il est temps pour moi de te rendre tes bienfaits, éternelle Anglefer. Aujourd'hui, j'ai treize douces-saisons et ma vie t'appartient à jamais. Je jure de te servir jusqu'à la fin, avec une joie sincère…

Une explosion de vivats et de sifflets emplit la bulle de bal. Désormais, Altaïr n'est plus une enfant. La fête peut enfin commencer !

L'orchestre attaque une série d'airs endiablés. Les couples se forment – homme-femme, femme-femme, homme-homme, sans distinction.

Altaïr a maintenant le droit de danser avec qui elle l'entend, sans demander la permission de son père. Elle sait que celui-ci attend de voir qui fera l'objet de son choix avec autant de curiosité que de nervosité. Déjà plusieurs garçons impatients se pressent au pied de l'estrade, se recoiffant ou redressant leur nœud de cravate du bout des doigts, en parfaits prétendants. Quelques filles tentent également leur chance, toutes très belles et élégantes dans leur tenue de haute couture.

Altaïr se fait l'effet d'un prix offert à la convoitise de ses congénères. Elle étouffe un soupir en songeant qu'il en sera ainsi jusqu'à ce qu'elle s'unisse officiellement à quelqu'un. Après ça, son existence ressemblera à celle de tous les Célestes, oisifs et puissants : ce ne sera plus qu'une succession ininterrompue de plaisirs insipides. Rien que d'y penser, elle éprouve un sentiment de vaste gâchis – voilà donc à quoi se résumera sa vie ? Pas d'imprévu, surtout pas de risque, aucun pas de côté, jamais de sensation plus forte que celle éprouvée pendant les dix minutes de vol sous la bulle du *Palais de la lune* – et encore, avec l'accord de celui ou celle qui partagera son quotidien…

Ce n'est certainement pas ainsi qu'elle envisage l'avenir. Altaïr rêve d'aventures extraordinaires, comme celles des héros et héroïnes de ses rouleaux-bavards, qu'elle connaît par cœur. Alors, une idée audacieuse lui vient. Et si elle ne donnait aucune chance à quiconque, du moins ce soir ? Et si elle refusait de s'engager pour le moment, dans l'espoir – on ne sait jamais ! – que son vœu se réalise ?

La meilleure façon de ne froisser aucune susceptibilité consiste à ne désigner personne en particulier, sans pour autant se dérober. Pour cela, un seul cavalier possible :

– Zoltan, dit-elle en désignant le ferhom campé en retrait. Veux-tu m'accorder cette danse ?

Zoltan s'avance, prêt à lui obéir. Le docteur, sous le choc, tente de l'arrêter quand elle descend de l'estrade, la main crochetée sur son épaule.

– Tu n'y penses pas sérieusement ! souffle-t-il, courroucé par cette offense, rougissant à vue d'œil.

Altaïr se dégage d'un mouvement agile. Elle regagne la piste au bras du ferhom sous les murmures de l'assistance. Puis, menton fièrement dressé, elle se lance dans une valse étourdissante…

La fête bat son plein, lorsque le ciel, assombri par la tombée de la nuit, s'illumine d'éclosions fugitives aux couleurs éclatantes. Rouge, vert, jaune, orange et pourpre embrasent le firmament étoilé. La pétarade du feu d'artifice attire les invités sur la terrasse, qui ceinture la bulle de bal et offre une vue panoramique sur les cieux. Étourdie par sa danse, Altaïr s'y précipite pour ne rien manquer de cette fantaisie pyrotechnique tirée en son honneur.

Après l'ouverture du bal, son père n'est pas revenu vers elle, et les invités se sont empressés d'aller fouler la piste à leur tour. Altaïr a continué de profiter de la soirée, au bras de Zoltan, sans se soucier des conséquences de son choix. Elle ne pense vraiment pas avoir fait quelque chose de mal, et pourtant…

Autour d'elle, près de la balustrade, tout le monde s'écarte. Altaïr ne remarque pas les rictus réprobateurs, n'entend pas les commentaires désobligeants. Chaque nouvelle fusée qui explose en gerbe colorée au-dessus des sphères de la cité-monde l'enchante.

Elle ne prend conscience de l'absence de Zoltan qu'au moment du bouquet final. Où est donc passé son cavalier ? N'était-il pas censé ne jamais l'abandonner ?

Altaïr rejoint les alentours de la piste de danse avec un pincement au cœur. Elle erre de groupe en groupe en se retenant de crier le nom du ferhom, de plus en plus consciente qu'on lui jette au passage des coups d'œil appuyés, sourcils froncés.

Elle finit par repérer Zoltan au milieu d'une poignée de jeunes gens réunis à l'écart de la salle. L'orchestre s'attaque à une polka tonitruante.

Le ferhom vacille d'un pied sur l'autre, relève puis abaisse les bras. Danse-t-il ? Non, il semble tituber, comme incapable de se décider à marcher dans un sens ou dans l'autre. Altaïr écarte deux garçons dont les rires bruyants concurrencent les coups de cymbale. Elle constate aussitôt que Zoltan n'est pas dans son état normal.

– Que lui avez-vous fait ?

– Rien de méchant, mademoiselle Watts, on s'amuse juste un peu avec votre *compagnon*, rétorque l'un des garçons en ricanant quand il prononce le dernier mot.

Il a la voix empâtée par l'alcool. Et il affiche un sourire partagé entre niaiserie et cruauté. Altaïr comprend que l'ivresse n'est pas sa seule excuse pour oser ainsi braver les foudres de son père. Non, cet imbécile s'est cru autorisé à dépasser les bornes à cause de son geste à elle. En désignant Zoltan comme cavalier, elle comprend qu'elle a insulté chacun des jeunes Célestes souhaitant se faire remarquer. Ils se sont crus légitimes à pouvoir rire de son robot qui, pour eux, n'est ni plus ni moins qu'une machine sans âme. Un véritable camouflet, finalement transformé en haine…

– Vous l'avez forcé à boire de l'alcool, accuse-t-elle.

Le col de Zoltan est en effet ouvert, le bouchon menant à sa trachée est dévissé. Le second garçon brandit encore la bouteille de liqueur dont il a déversé le contenu à l'intérieur du ferhom.

– On voulait vérifier s'il était capable d'avaler autre chose que sa saleté de fluide, tente-t-il de se justifier.

Altaïr ravale sa colère. Elle toise chacun de ses pairs jusqu'à les forcer à baisser le regard. Ils savent que Zoltan ne pouvait s'opposer à leur jeu stupide. S'il a été programmé pour obéir seulement aux Watts, il n'est pas non plus autorisé à empêcher un Céleste de le manipuler à sa guise. La loi édictée par le docteur est en effet précise : les ferhoms ne possédant aucune volonté, ils sont assimilés à des objets, et quiconque peut les traiter comme tels.

Elle attrape la main gantée de Zoltan pour l'éloigner de ses persécuteurs. Mais le ferhom lui oppose une résistance imprévue. Ses membres tressautent de plus en plus, comme agités de tics. Les rouages de son organisme ne doivent plus tourner très rond…

– Dégagez, hors de ma vue ! ordonne le docteur Watts, surgi dans le dos de sa fille.

Les jeunes Célestes s'éparpillent dans la seconde. Altaïr refoule ses larmes.

– Je crois qu'ils l'ont détraqué, papa. Je suis navrée, je ne voulais pas…

Il l'arrête d'un geste, se penche à son oreille pour y glisser :

– Tu n'as pas idée du scandale déclenché par ta conduite. Mais c'est en partie ma faute. J'ai eu tort de te faire ce cadeau trop tôt. Tu n'étais pas prête à le recevoir. J'en tire les conclusions qui s'imposent. À présent, tu vas prendre mon bras et nous allons marcher vers la sortie aussi dignement que possible. Lâche ce fichu ferhom !

Il n'ajoute rien de plus et se rencogne dans le silence tout le reste du trajet de retour jusqu'à leur palais privé.

Altaïr ne se souvient pas de l'avoir déjà vu dans cet état, aussi humilié que furieux. Elle voudrait lui demander d'excuser son comportement, mais se retient au dernier moment. De quoi est-elle coupable, après tout ? D'avoir pris du bon temps avec le seul être qui n'agissait pas par intérêt pour ce qu'elle représente ?

– Que va-t-il arriver à Zoltan ? demande-t-elle à son père avant qu'ils ne se séparent pour la nuit.

Elle croit d'abord qu'il ne répondra pas. Mais il s'y résout au bout d'un moment, et lâche dans un soupir :

– Je vais le reprogrammer pour qu'il t'oublie, puis je l'assignerai à une nouvelle tâche. Tu ne le reverras jamais plus. Maintenant, file te coucher et prie pour qu'un jour les Célestes puissent eux aussi oublier l'affront que tu leur as infligé ce soir !

Partie 2
UN MYSTÈRE SOUS LE CRÂNE

Chapitre 8
Gravé dans la rouille

Il ne se passe pas un seul jour, une seule nuit, sans qu'Ormo ne songe au sort d'Elbert. L'absence de son ami d'enfance lui plante des aiguilles chauffées à blanc dans le cœur. Sa douleur se ravive chaque fois qu'il rend visite à Garth, qui se rétablit difficilement malgré les bons soins de Nella.

– Tu ne pouvais rien faire, essaie de le réconforter Garth. Le fercop t'aurait tué toi aussi si tu avais tenté quoi que ce soit.

Il soupire avec peine.

– S'il ne s'était pas jeté dans la bouillasse pour me sauver la vie, ajoute Garth, il n'aurait pas perdu la sienne…

– Tu ne dois pas t'en vouloir non plus, dit Ormo. Ce qui est fait est fait. Et puis, tu sais comme moi que rien n'aurait pu empêcher Elbert de jouer les héros !

Les deux garçons sourient sous leur foulard filtrant, et le silence retombe, troublé par la respiration sifflante de Garth. D'après Nella, il ne récupérera jamais ce que les gaz toxiques lui ont volé. Ses poumons ne fonctionnent plus qu'au tiers de leur capacité. Terminées pour lui les missions de décrassage dans les fondations du secteur 407. Les émanations nocives lui seraient assurément fatales.

Garth ne quitte plus que rarement sa couche, suspendue aux côtés de dizaines d'autres dans le dortoir partagé avec les indigents des Bas Quartiers. Désormais, il dépend de la générosité de ses anciens confrères pour survivre. La corporation des décrasseurs ne l'abandonnera pas. Elle est sa véritable famille, comme pour tous les orphelins qu'elle emploie.

– Et ta nouvelle équipe ? demande-t-il pour changer de sujet. Tu en es satisfait, frérot ?

Ormo réprime une grimace en entendant Garth l'appeler ainsi. Décrasseur un jour, décrasseur toujours !

– Je ne l'ai pas encore rencontrée, ment-il à moitié. Je ne suis sorti de prison que depuis hier.

Il grimace à l'évocation de son séjour dans les geôles du secteur 312, régi par l'officier W1138. Séparé de ses amis, isolé dans une boîte de fer, Ormo s'y est morfondu pendant les trois cycles de sa peine. Plus d'une fois, il a cru devenir fou, au point de frapper les parois de colère jusqu'à ce que le fercop menace de lui passer la camisole. Alors, il essayait de se tenir aussi coi et tranquille que possible, comptant les heures, les jours dans sa tête. Un cycle équivaut à une décade pleine, soit une neuvaine de labeur plus une journée de repos. Dans ces conditions, le temps s'est étiré avec une lenteur désespérante, achevant de briser le moral d'Ormo…

Il n'ose pas avouer à Garth la vérité : dès son retour dans le secteur 407, il a été convoqué par les frères aînés de la corpo. Ceux-ci lui ont annoncé sans détour qu'ils devaient l'écarter, après les sanctions prises par le fercop.

« Et puis, pour l'instant, tu as le mauvais œil, tu comprends ? D'abord votre accident, ensuite la mort d'Elbert et la maladie de Garth, enfin, ta condamnation… C'est beaucoup pour les gars. D'accord, c'est de la superstition, mais ils sont persuadés que tu portes la poisse. On est désolés, frérot. Reviens nous voir quand tout sera oublié… »

Les paroles du président de la corpo résonnent encore sous le crâne d'Ormo. Il s'efforce de les ranger dans un coin de sa tête. Pas la peine d'inquiéter Garth !

– Oui, dit ce dernier, rien ne presse…

Une quinte de toux l'interrompt. Garth soulève d'une main tremblante son foulard filtrant le temps qu'elle cesse. Ormo l'aide à avaler un peu d'eau de récupération, un liquide récolté à partir de l'humidité infiltrée dans les parois des habitations. Les indigents des Bas Quartiers ne peuvent s'offrir le luxe d'une pinte d'eau claire tirée directement au réseau de l'usine d'assainissement. Ormo non plus, d'ailleurs.

– Je reviens te voir bientôt, promet-il en se relevant de son tabouret. Sois fort, frérot !

Garth acquiesce, puis il ferme les yeux et ne tarde pas à replonger dans le sommeil comateux provoqué par les potions de Nella. Quand il dort, au moins, ses soucis de respiration ne le tourmentent pas.

C'est tout ce que la guérisseuse a pu faire pour le soulager. Il lui faudrait de l'air pur pour espérer se rétablir pleinement. Mais ce genre de miracle est hors de portée des talents de Nella.

Dans la ruelle encombrée, devant le dortoir des indigents, Ormo manifeste sa rage d'un coup de pied dans une conduite d'acier courant à ras du sol.

– Du calme, fiston, lui glisse un passant. Tu veux qu'un fercop te coffre pour dégradation de bien public ?

Bien public, tu parles ! songe le garçon en étouffant un ricanement. Comme si tout n'appartenait pas en réalité au docteur Watts ! Anglefer est à lui autant qu'Enfer d'Anges, même s'il n'y met jamais les pieds.

Mais le conseil donné est bon, et il préfère le suivre pour s'éviter un retour précipité en boîte d'isolement !

Porté par le flot humain qui irrigue les basses artères de la cité, Ormo déambule sans but, miné par le découragement. Le voilà privé de travail, même pas pris en charge par sa corpo, car il n'est pas malade ! Son avenir ne s'annonce guère brillant. S'il ne trouve pas rapidement de quoi payer son prochain repas, sa prochaine nuit dans un casier de sommeil, son prochain bain de vapeur, sa dégringolade n'en sera que plus rude. Définitive, peut-être.

Comme la plupart des décrasseurs, il ne peut pas compter sur le soutien d'un parent… Il est orphelin. C'est ce qui lui a valu d'entrer dans la corporation des décrasseurs, sitôt qu'il a été en âge de manier le grattoir et la brosse. Les garçons perdus d'Enfer d'Anges ont toujours été les bienvenus dans les bas-fonds, là où se déverse tout ce qui suinte des niveaux supérieurs. Il ne faut pas y voir un acte de charité de la part des frères aînés. Si ces derniers accueillent en priorité ceux qui sont privés de père et de mère, c'est parce qu'ils préfèrent n'avoir personne pour pleurer leurs employés en cas d'accident. Quant aux autres enfants ? Ils peuvent aller à l'école jusqu'à l'année de leurs treize moites-saisons et occuper ensuite des postes un peu plus valorisants : ouvriers dans les usines du docteur Watts, livreurs ou marchands ambulants. Les filles trouvent une place de bonne ou de couturière, dans une fabrique de textile le plus souvent – ce qui leur suffit tout juste pour échapper à la misère…

Ruminant, Ormo continue d'errer, les poings serrés au fond des poches de sa combinaison sale et déchirée. Son habit est sa seule possession, désormais. Les rares biens qu'il avait pu accumuler ont été dispersés pendant qu'il purgeait sa peine. Et sa place dans la maison commune de la corpo a été attribuée à un nouveau frère. Jamais il n'aurait cru regretter autant la perte d'une simple paillasse, d'une cuvette ébréchée et de quelques instruments d'acier à manche de bois façonnés par des Anciens !

Ses pas le conduisent au hasard des ruelles du secteur 407. Les panaches de vapeur qui s'échappent des bouches d'égout et des soupiraux se mêlent aux retombées poisseuses de cendrée-sombre. Le tout brouille la vision en permanence, contraignant beaucoup de citoyens au port de lunettes ou d'une visière de protection, en plus du foulard filtrant et de la capuche baissée sur le front.

Pour Ormo, les passants ressemblent à des spectres, vêtus de longs manteaux ou de capes tissées dans une toile grise, bon marché, mais solide, provenant d'ateliers installés aux étages des maisons où s'entassent des familles entières. Les fercops se distinguent cependant par leurs silhouettes massives et leur démarche raide et cadencée. Ormo s'écarte de leur chemin, tout à ses pensées.

Comme dans tous les secteurs des Bas Quartiers, les patrouilles des hommes-machines ne cessent jamais. À n'importe quelle heure du jour comme de la nuit, les officiers effectuent leur circuit de ronde, veillant à la stricte application des règles édictées par le docteur Watts.

Chapitre 8

Ce nom, Ormo le maudit mille fois. S'il ne se souciait que très peu des Célestes et de leur politique jusqu'à présent, les choses ont changé depuis la mort d'Elbert. Comment accepter la terrible injustice des lois d'Anglefer ? Comment expliquer que la vie des citoyens des Bas Quartiers vaille si peu cher ? S'en soucient-ils seulement, là-haut, eux qui respirent un air sain et ne tombent jamais malades ?

La colère étreint de nouveau Ormo, dont le cœur se serre douloureusement. Il a envie de crier toutes les injures qui lui passent par la tête afin de faire savoir aux Célestes ce qu'il pense d'eux. Évidemment, il se retient.

Au fil des heures, l'épuisement l'apaise. La soif et la faim le taraudent, mais Ormo a l'habitude. Il a rejoint une rue plus large, où circulent quelques véhicules à vapeur, monstres d'acier aux pistons chuintants. De grands chariots à plateforme surélevée transportent les citoyens autorisés à passer d'un secteur à l'autre. Ce sont surtout des ouvriers en route pour les innombrables fabriques de la cité, dont l'usine fabricant le fluide des ferhoms, qui tourne à plein régime en plein cœur de la ville.

Ormo observe les engins aller et venir, apparaissant et disparaissant dans la brume. Partir serait-il la solution à ses problèmes ? Mais pour quelle destination, à supposer qu'on lui en donne la permission ? Au-delà de la Muraille, la vie est impossible. Du moins, c'est ce que l'on prétend. Tout est mort là derrière, frappé par le Grand Mal qui a jadis sévi dans Anglefer…

Vrai ou faux, Ormo s'en fiche ! Les vieilles histoires ne régleront pas son problème de survie. Il soupire et s'avance vers le trottoir roulant, qui entraîne sur son immense tapis les plus impatients de ses concitoyens. Ormo, épuisé, se laisse porter. De temps en temps, une enseigne attire son attention… Peut-être qu'une autre corporation acceptera de l'engager ? Il est de bonne constitution, débrouillard, pas trop vieux – quinze moites-saisons, c'est un peu limite pour redevenir apprenti, mais qui ne tente rien…

Laquelle serait susceptible de l'accueillir ? Pas les fondeurs, qui représentent l'élite du peuple travailleur et sélectionnent leurs candidats avec rigueur. Pour eux, un ancien décrasseur n'a aucun intérêt. Tout ce qu'Ormo connaît de l'acier se limite à la couche de saleté accumulée dans les tuyaux des profondeurs !

Les assembleurs exigent, quant à eux, des capacités qui ne sont pas celles d'Ormo : grande concentration, extrême précision du geste, habileté dans les doigts... Des milliers de rouages composent les machines plus ou moins compliquées d'Anglefer, et on n'en confie pas le montage à un garçon habitué à seulement manipuler la brosse ou le grattoir !

Il reste les fluideurs, mais l'idée de s'engager dans l'usine du docteur lui fait horreur. Impossible pour lui de contribuer à produire la nourriture des ferhoms ! Pas après ce que l'un d'eux a fait subir au pauvre Elbert...

Ormo en est là de ses réflexions quand il aperçoit quelque chose d'intrigant. Il se fige soudain, troublé. Là, près de cette porte anonyme dans la rangée de maisonnettes accolées, il y a un signe gravé dans le fer rouillé, devenu orange, à la pointe d'un couteau ou d'un outil effilé...

Il s'agit de trois triangles : le plus gros, sous les deux

premiers, est dirigé dans le sens opposé aux deux plus petits ; et entre ces figures géométriques, se trouve une paire de cercles qui pourraient très bien symboliser des yeux.

Ormo a déjà vu cette image, mais où ? Il se creuse les méninges, planté au milieu de l'allée piétonne qui longe le ruban du trottoir roulant, indifférent aux injures des passants.

Ça lui revient d'un coup : on dirait la créature qu'il a cru apercevoir de l'autre côté de la grille, au fond du souterrain. Elle avait ce visage-là, le garçon en est certain.

C'est peut-être une coïncidence, mais Ormo refuse d'y croire.

Obéissant à son instinct, n'ayant plus rien à perdre, il lève la main et frappe trois coups à la porte.

Chapitre 9

Un plongeon dans l'horreur

Après la cérémonie, Feu-Vif revient à plusieurs reprises visiter les rêves d'Altaïr. Il jaillit entre les jambes des danseurs, sur le parquet d'une piste qui semble s'étirer à l'infini. Quand la jeune fille tente de le poursuivre, il lui échappe en se faufilant par des brèches entre les lames de bois ciré. Puis il reparaît quelques pas plus loin, la narguant en agitant sa queue touffue, ornée d'un panache blanc à sa pointe.

Altaïr ne parvient jamais à le rattraper. Elle se réveille le cœur battant, frustrée, comme si elle avait vraiment passé une partie de la nuit à courir après la facétieuse créature.

– Que me veux-tu, à la fin ? lui demande-t-elle, exaspérée, avant de se traiter d'idiote.

Voilà qu'elle se met à parler à une pure création de son esprit !

Elle aimerait pourtant que Feu-Vif puisse lui répondre. Qu'ils aient tous deux une véritable conversation. Cela la changerait des monologues de son père, qui ne sont que d'interminables listes de consignes et n'appellent pas à la contestation. Altaïr l'a toujours connu ainsi, absorbé par la gestion de ses affaires, qui sont aussi celles d'Anglefer. Le plus souvent, il se montre grave et sérieux, ne souriant qu'en de trop rares occasions, comme le jour de son anniversaire. Entre eux, la communication n'a jamais été facile. Et à présent qu'elle entre dans une nouvelle période de son existence – et de quelle façon ! –, Altaïr se doute que les choses ne risquent pas de s'améliorer…

Même si trois cycles se sont écoulés depuis la soirée du bal, le docteur Watts n'a toujours pas digéré son humiliation. Il n'a plus fait aucun reproche à sa fille, mais Altaïr sait traduire les rictus qui déforment sa bouche et agitent sa barbiche !

Ils ne se croisent plus qu'autour de la table du petit-déjeuner, plus rarement celle du dîner. Le docteur consacre l'essentiel de son temps à ses activités dans son laboratoire, situé entre le Schmock et les Hautes Sphères, ou dans son usine, désertant alors la bulle des sommets.

Altaïr n'a jamais tant souffert de solitude. Mais une vraie demoiselle des hauteurs, une Céleste ayant franchi le cap de son treizième anniversaire, ne peut s'en plaindre comme une enfant…

C'est du moins ce dont elle essaie de se persuader, jour après jour, tous identiques, quand elle contemple la vue offerte par sa fenêtre. Le lent balancement des sphères amarrées aux piliers du ciel, le circuit des convois sur monorails, les gens minuscules qui vont et viennent sur les ponts, les passerelles – tout est toujours pareil, dénué de surprise, de la moindre magie.

Est-ce que devenir adulte consiste à ne plus voir les choses que de façon aussi morose ?

Elle n'a même plus remis les pieds au *Palais des gourmets* ni à celui *de la lune*. D'abord parce qu'elle se doute qu'on l'y regarderait de travers, à la suite de sa provocation, le soir du bal. Ensuite, parce que ses dernières visites ont été effectuées en compagnie de Zoltan. Il lui est impossible de dissocier la présence du ferhom du plaisir éprouvé en ces lieux, à déguster un nuage glacé ou à se livrer à des cabrioles aériennes. Il était véritablement là pour elle, il ne cherchait pas à la juger… Sans lui, cela ne serait plus pareil.

Alors, peu à peu, l'idée se fraie un chemin dans les pensées d'Altaïr : et si elle partait à la recherche de celui qui a été son cavalier ? Si elle le sauvait du sort réservé par son père ? Si elle parvenait, sans savoir comment s'y prendre, à lui procurer un semblant de liberté ?

Rien que d'y songer, elle sent monter un vertige…

Désobéir aux volontés du docteur pourrait avoir des conséquences terribles. Mais s'y soumettre toute son existence ne serait-il pas pire ?

Altaïr examine sa conscience. Elle éprouve un amour sincère pour ce père inflexible, souvent distant, autoritaire, qui tient entre ses mains le destin de la cité-monde. Seulement, au fond d'elle, la jeune fille sait qu'elle ne lui ressemble guère. Qu'une partie de son tempérament aspire à plus de fantaisie, d'émerveillement, quand bien même cela la priverait d'une vie confortable et tranquille.

C'est peut-être ce que tient à lui dire Feu-Vif dans ses songes…

« Suis-moi, et je serai ton guide vers un avenir que tu ne soupçonnes pas. Mais tu dois oser faire le premier pas seule. »

Oui, cela paraît crédible. Il faut bien que ses rêves aient un sens, à la fin !

– D'accord, murmure-t-elle, sa décision prise. J'arrive.

Ce matin, après avoir avalé sa seconde tasse de thé du petit-déjeuner, le docteur annonce qu'il s'apprête à rejoindre son usine. Altaïr lui souhaite une bonne journée. Il lui répond à peine, toujours pressé, déjà enfui. Elle résiste à l'envie de le provoquer en lui avouant ce qu'elle a en tête. Mais cela ne ferait que l'énerver et ne contenterait pas Feu-Vif.

Alors, elle achève sa propre collation en silence. Puis, une fois assurée du départ de son père, Altaïr met son plan à exécution.

Dans son souvenir, le laboratoire est un endroit rempli de bruits étranges, d'odeurs indéfinissables et d'ombres inquiétantes. Mais cela remonte à une époque où elle était vite impressionnable. Elle devait avoir six ou sept douces-saisons la dernière fois que le docteur lui en avait permis la visite.

Il lui apparaissait alors comme un géant, invincible, tout-puissant. C'est encore ainsi que la plupart des Célestes le considèrent. Mais ces derniers ne le fréquentent pas au quotidien. Ils n'assistent pas à ses moments de doute, de réflexion intense, ni à ses emportements soudains – tout ce qui fait de lui un humain, et non une machine comme il en met au point.

Une heure après le petit-déjeuner, Altaïr se décide. Elle se rend dans la bulle privée de son père, où se trouve un ascenseur menant au laboratoire, des mètres plus bas. Altaïr pénètre rarement dans le domaine réservé de son père. L'odeur des vieux papiers, du cuir et du tabac dont il bourre sa pipe l'enveloppe tout entière sitôt qu'elle en franchit le seuil.

Elle laisse son regard errer sur les rangées de livres défraîchis qui ornent les étagères. La plupart des ouvrages datent d'une ère antérieure à la fondation d'Anglefer. Leurs dos ont bien souffert, ont perdu leurs couleurs. Ils sont pour beaucoup rédigés en des langues inconnues. Seuls le docteur et quelques érudits sont capables de les lire.

Cécilia, la mère d'Altaïr, l'était également, d'après ce que son père avait bien voulu lui confier. Son portrait, capturé par un appareil voleur d'images, est conservé à l'abri des regards, dans le coffre du docteur. Il ne l'en sort que rarement, au prétexte de la fragilité du support. Mais Altaïr soupçonne son chagrin de le tourmenter chaque fois qu'il le contemple.

Elle sait aussi qu'en grandissant elle ressemble de plus en plus à cette femme disparue, et que son père la voit en elle chaque jour davantage. Cela lui serre le cœur d'imaginer qu'elle ravive ainsi sa douleur. Mais que peut-elle y faire ?

La boîte en fer ouvragé de l'ascenseur occupe un coin du cabinet de travail. Elle est à peine assez vaste pour accueillir un passager. Un fauteuil tapissé de velours assure le confort du trajet vertical. Altaïr y prend place en retenant son souffle. Elle peut renoncer, encore, et regagner sa chambre. Au lieu de quoi, son bras se tend vers le levier de cuivre bloqué en position haute…

Un temps d'hésitation, et Altaïr l'abaisse d'un coup.

La boîte s'ébroue et plonge dans le vide, glissant le long de ses rails de guidage, à peine ralentie par les mâchoires de ses freins qui frottent l'acier, dévidant derrière elle le câble qui servira à la remonter.

Tout le temps de la descente, Altaïr réprime un tremblement, partagée entre la crainte et la joie. Quelle sanction risque-t-elle si on la surprend ? Mais quelle ivresse, aussi, de braver ces interdits !

À travers les hublots, elle aperçoit des portions de ciel, l'entrelacs des ponts et des passerelles, les bulles qui rétrécissent à mesure qu'elles s'éloignent, comme aspirées vers les hauteurs. Mais il ne faut pas se tromper, c'est bien Altaïr qui se précipite vers les niveaux inférieurs de la cité-monde !

Et si l'ascenseur ne s'arrêtait pas à sa destination ? S'il continuait tout droit sa chute dans les profondeurs, perçant la couche de Schmock sans espoir de retour ?

Cette pensée fait battre le cœur d'Altaïr à un rythme endiablé. Jamais elle ne s'est sentie aussi vivante ! Même les ailes accrochées dans son dos, sous le décor de la lune, ne lui ont pas procuré cette sensation.

Un crissement de ferraille, et la boîte finit par s'immobiliser au terme d'un ultime soubresaut. Le ciel bleu est toujours visible par les hublots. Si elle s'en est rapprochée, Altaïr n'a pas traversé le Schmock.

Elle en éprouverait presque une pointe de regret. Presque, seulement !

La boîte s'est immobilisée sur une plateforme ouverte aux vents, transportant avec eux un mélange de parfums inédits pour la jeune fille. Les odeurs âcres, étouffantes, montées des Bas Quartiers d'Anglefer, se marient aux fragrances épurées des sommets.

Altaïr respire avec prudence, le temps de parcourir les quelques pas qui la séparent du sas d'accès au laboratoire. Elle jette un dernier coup d'œil autour d'elle avant d'y entrer. La plateforme rectangulaire émerge d'une mer de nuées gris-vert, d'où fusent les piliers du ciel par grappes entières. Pour ce qu'elle en devine, elle se trouve sur le toit d'une tour très ancienne, la seule assez élevée pour dépasser du Schmock.

Altaïr ne s'interroge pas davantage sur les prouesses des anciens architectes, capables d'ériger de tels monuments. Elle s'engouffre sans plus tarder dans le bâtiment.

Un escalier descend en tournant plusieurs fois sur lui-même jusqu'à un palier nu, éclairé par une lanterne à gaz. Une porte à double battant marque l'entrée dans l'antre du docteur. Le W majuscule dont il signe ses inventions s'y étale en très grand format. Altaïr colle l'oreille d'un côté, écoute avec attention. Aucun bruit, aucun signe d'une présence.

Elle pousse l'un des battants en faisant attention. Ici comme dans les bulles, privées ou bien publiques, il n'y a pas de serrure verrouillée. Les Célestes respectent l'intimité des leurs. C'est même un signe de bonne éducation chez eux. Altaïr grimace en songeant qu'elle trahit la confiance de son père. Mais elle a une excellente raison de le faire, n'est-ce pas ?

Une multitude de globes bleutés répandent une clarté diffuse dans le laboratoire. Les lampes à gaz sont réglées au minimum de leur capacité. Plutôt qu'en augmenter l'intensité, Altaïr préfère attendre que ses yeux s'en accommodent. Au bout de quelques instants, elle commence à mieux distinguer les détails.

Des machines compliquées, hérissées de cadrans, de manettes et de boutons cuivrés, occupent une grande partie de l'espace disponible. Altaïr ne s'y attarde pas. Elle a repéré, plus loin, de longues tables en acier sur le plateau desquelles se trouvent éparpillées de nombreuses pièces détachées.

Parmi elles : des pieds, des mains, des bras et plein d'organes artificiels, faits d'acier, moins faciles à reconnaître pour qui ne possède pas la science du docteur. Altaïr compte une demi-douzaine de ferhoms démontés, en cours de réparation ou en attente de modifications...

Le cœur de la jeune fille cogne soudain plus fort. Zoltan est là, couché parmi eux, identifiable à son gilet rayé jaune et or. Mais les pans de son habit pendent de chaque côté de sa carcasse, laissant sa poitrine ouverte sur un assemblage de ressorts et de rouages.

Plus embêtant : la tête du ferhom a été séparée de son corps ! Elle gît sur l'établi, au milieu d'instruments dentés et pointus bien peu engageants. Un mince tuyau souple dépasse de son cou, relié à l'autre bout à une fiole du précieux fluide.

– Zoltan ? murmure la jeune fille, n'osant pas élever la voix dans ces lieux silencieux, où la moindre parole résonne. Tu es toujours en vie ?

L'expression n'est peut-être pas la mieux adaptée, s'agissant d'un homme-machine, mais la réponse arrive, précédée d'une série de cliquetis :

– Affirmatif, mademoiselle Watts. Je demeure opérationnel.

Altaïr étouffe un cri de joie. Son père n'a pas encore modifié la programmation de Zoltan, sans quoi il n'aurait pu réagir à son nom. Mais un sérieux problème se pose : comment le faire sortir d'ici s'il ne possède plus de jambes pour marcher ou même se mettre à courir ?

– Ne bouge pas, reprend-elle en se rendant compte combien sa remarque s'avère ridicule, je vais chercher un panier ou une besace.

N'importe quel contenant fera l'affaire, songe-t-elle, pourvu qu'il dissimule cette tête d'acier aux regards indiscrets. Ensuite, il s'agira de dégotter la meilleure des cachettes, car le docteur ne manquera pas de remuer ciel et terre pour retrouver la tête disparue du robot qu'il avait offert à sa fille.

Impossible de la dissimuler quelque part dans leur bulle privée, ce sera le premier endroit que son père retournera de fond en comble. Alors, où, en ce cas ?

Altaïr réfléchit tout en parcourant l'atelier. Après les établis s'étend une zone un peu moins éclairée. De grandes armoires métalliques s'adossent à une paroi. À l'intérieur, tout un fouillis de tissus ou de chiffons s'entasse. *Non, rectification*, se dit Altaïr. Un examen plus attentif démontre qu'il s'agit de vêtements, tachés et rapiécés pour la plupart, et cousus dans une toile grossière.

Pourquoi mon père conserve-t-il cette collection de hardes ? s'étonne Altaïr. Peu importe, finalement, car elle finit par mettre la main sur un sac maculé de graisse. Tant pis pour son habit ! Elle pourra y fourrer la tête de Zoltan, en prenant soin de ne pas la déconnecter du récipient qui lui fournit son énergie. Il faudra, note-t-elle aussi, lui procurer des recharges de fluide, faute de quoi il risque de sombrer dans un équivalent de sommeil peut-être définitif…

D'un coup, la solution à son problème lui vient : mais oui, voilà où elle pourrait cacher Zoltan sans courir aucun risque ! Satisfaite, elle s'apprête à rebrousser chemin, quand ce qu'elle aperçoit du coin de l'œil, tout au fond du laboratoire, encore moins éclairé que les armoires, lui procure un frisson.

Est-ce seulement le fruit de son imagination ? Non, l'étrange appareil existe bel et bien !

Elle s'en approche pas à pas, dégoûtée et fascinée à la fois. Elle n'a aucun souvenir d'avoir vu *ça* lors de sa précédente visite, accompagnée de son père, et pour cause : s'il lui avait montré quelque chose d'aussi affreux six ans plus tôt, Altaïr en aurait cauchemardé chaque nuit au lieu de rêver de Feu-Vif!

La machine émet un souffle rauque et régulier, rythmé par des pistons bien huilés. On dirait une espèce de baignoire d'acier, hérissée de rivets, fermée par un couvercle et percé d'un large hublot. Des tuyaux s'en échappent sur les côtés, disparaissant sous le plancher métallique. Elle est remplie d'un liquide qui produit une faible lueur phosphorescente, suffisante pour qu'on y distingue une forme en suspension dans ce bain verdâtre…

Celle d'un corps humain, nu, appartenant sans erreur possible à un garçon robuste. Mais le détail de son anatomie indiffère Altaïr. Ce qui retient son attention et provoque sa stupéfaction se situe au niveau de la tête de l'individu…

Ou plutôt de son absence! Car on a coupé le cou de l'infortuné baigneur!

Tout le long du trajet de retour vers les sommets, l'horreur fait chavirer le cœur d'Altaïr, les bras serrés autour du fruit de son larcin.

Chapitre 10
L'histoire de Ladyfox

– Et alors ? interroge Garth d'une voix sifflante, car il a toujours du mal à respirer. Qu'y avait-il derrière cette porte ? Qui te l'a ouverte ? Vas-y, dis-moi, frérot !

Ormo ménage son suspens. Il s'assure d'un coup d'œil que les autres occupants du dortoir ne cherchent pas à capter la conversation. Mais ils ne sont plus très nombreux, contrairement à sa visite précédente. Vu l'état des malheureux, désormais incapables de travailler, Ormo se demande ce qu'ils sont devenus. Quoi qu'il en soit, ceux qui traînent encore dans les environs se désintéressent des décrasseurs.

– Je suis tombé sur un bonhomme plus vieux qu'Ol'Barney, si tu peux le croire, révèle enfin le garçon. Il avait le crâne lisse et taché, et une barbe blanche qui lui tombait jusqu'au nombril…

– Un gars d'en bas avec des poils si longs ? s'étonne Garth. Pour faire pousser une barbe pareille, il faut au moins quarante moites-saisons !

– Plus que ça, frérot. Booker a dépassé les soixante moites-saisons, si tu arrives à l'imaginer…

La stupeur arrondit les yeux cernés de Garth. Il en oublie un temps de frissonner, sous l'effet de la fièvre qui l'accable et que Nella ne parvient pas à faire baisser.

– Pas possible, murmure-t-il, effaré. Ce Booker a dû se moquer de toi.

– Si tu l'avais vu de près, tu saurais que non, frérot.

– Admettons. Par quel miracle aurait-il survécu si longtemps sous le Schmock ?

Ormo attendait la question. Il adopte une moue déçue et fronce les sourcils avec exagération.

Chapitre 10

– Tu ne devines pas ? Un petit effort, Garth…

– Arrête de me faire languir !

Garth a presque crié, dans un sursaut d'énergie. Quelques têtes se tournent vers lui depuis les rares hamacs occupés. On grommelle et on lui conseille de la boucler. Ormo, lui, se fiche de déranger quiconque. La lueur de curiosité dans les yeux de son ami est la plus belle des récompenses. S'il parvient à rattacher Garth à la vie en partageant les aveux du vieux Booker, alors il n'aura pas perdu son temps.

– Il est né dans les sommets, voilà comment ! dit-il, content de produire son effet.

L'incrédulité déforme les traits pâles et creusés de Garth.

– Un Céleste ? Qui habite maintenant dans un secteur des Bas Quartiers ? Comment c'est possible ?

– Booker est bien un gars de la haute, confirme Ormo. Suffit de l'entendre causer ! Ou, du moins, il l'était, jusqu'à ce que le docteur Watts en personne ordonne de le dégager.

Garth prend le temps de digérer l'information avant de remarquer :

– Il a dû commettre un sacré délit, ou même un crime. Les Célestes ne sont pas soumis à des règles aussi sévères que nous autres…

Un silence lourd de sous-entendus plane un moment dans la pièce. Ormo et Garth ont une pensée pour Elbert et la façon brutale dont la loi du docteur Watts s'est abattue sur lui, par l'intermédiaire de W1138. Garth étouffe une quinte de toux, étranglé par l'émotion, puis reprend :

– Mais s'ils ne paient pas de leur vie, l'exil dans les Bas Quartiers doit les effrayer suffisamment pour qu'ils se tiennent tranquilles et obéissants.

Ormo acquiesce. S'il avait eu la chance de naître au paradis, il aurait marché droit pour continuer à respirer un air sain et ne pas avoir à plonger les mains dans la crasse.

– Booker n'a pas voulu s'étendre sur le sujet, avoue-t-il. Normal, il ne me connaît pas assez pour avoir confiance. Mais ça ne l'a pas empêché de parler, ça, non !

– De quoi, alors ?

– Du signe gravé près de sa porte et qui m'a amené chez lui. Quand j'ai avoué que j'avais vu une créature qui lui ressemblait, il m'a raconté l'histoire de Ladyfox…

– Avant l'acier, avant le fer, avant la cité-monde et sa Muraille, avant le Schmock et la séparation entre le haut et le bas, bien avant la naissance du docteur Watts (maudit soit son nom !), il y avait un pays qu'on n'appelait pas Anglefer. Un pays tout en vertes collines, en forêts et en bois…

– Qu'est-ce que ça veut dire ?

– Chut, ne m'interromps pas. Tu es venu frapper à ma porte, fiston, parce que tu as reconnu le signe que j'ai gravé dans la rouille. Mais c'est moi qui choisis de te révéler ou non certains secrets du passé, du présent et – qui sait ? – de notre avenir. Donc, comme je te le disais, le monde n'a pas toujours été tel que tu le connais. Pour les enfants d'Enfer d'Anges, il est presque impossible à concevoir. Un monde peuplé de gens comme toi et moi, mais pas seulement. Il grouillait aussi d'une vie aux formes multiples, extravagante, aussi belle que foisonnante, plus ancienne que les hommes et les femmes qui vont debout sur deux jambes.

» Cette vie était plus riche, surprenante et colorée que tu ne pourras jamais l'imaginer. Retiens simplement ceci : un de ses très nombreux représentants avait la couleur du feu, une grande intelligence et beaucoup d'habileté. Les gens le chassaient parfois, tentaient de l'éliminer, mais ne parvenaient jamais à totalement l'éradiquer. Cet être possédait assez de ruse pour échapper à tous leurs pièges et leur filer sous le nez. C'est pour ça qu'il est devenu un symbole pour celles et ceux qui, comme moi, cherchent à défier l'autorité du docteur Watts et à s'en affranchir…

» Mais revenons à l'histoire du vieux pays. Il aurait peut-être pu durer encore mille ans. C'était sans compter la folie des hommes de ce temps, leur délire de grandeur et d'accumulation des biens. Ils se sont mis à construire des machines de plus en plus compliquées pour assouvir cette faim. Des machines pour se déplacer de plus en plus vite, de plus en plus loin. Des machines pour creuser le sol de plus en plus profondément et en extraire de quoi produire de plus en plus de fer et d'autres métaux. Pour, tu le devines sûrement, continuer de construire de plus en plus de nouvelles machines !

» "Plus, plus, plus, toujours plus" semblait être leur devise. C'était un cycle sans fin, du moins le croyaient-ils. Les hommes ont prospéré un temps, se sont multipliés, car leurs fabriques avaient besoin de mains, de bras, et même s'ils allaient en chercher dans des pays lointains, ils n'en avaient jamais assez…

» Si bien que des cités s'élevaient de plus en plus nombreuses à la place des forêts et des prés, couvrant les bosses des collines, obligeant les créatures sauvages à se regrouper sur des territoires réduits à peau de chagrin, remplaçant partout le vert par du gris, l'air sain par celui que tu respires depuis ta naissance.

» Les cités ont fini par tant se développer qu'elles se sont mises à n'en former plus qu'une, immense, démesurée, insensée. On dit qu'elle rassemblait plus d'habitants qu'il n'y en avait partout ailleurs, éparpillés dans l'univers autour de la cité-monde. J'ignore si c'est vrai.

» Mais un jour, un mal puissant s'est levé. Où est-il apparu ? De quelle façon ? Nul ne le sait. Mais ce qu'on a appelé le Grand Mal était impossible à arrêter, comme tu le sais sûrement. Il n'y avait rien à faire pour s'y opposer. Il frappait sans pitié hommes, femmes, enfants. Qu'on soit ou non vaillant, dans la force de l'âge ou déjà près de la fin, le Grand Mal s'en moquait éperdument.

» La cité-monde n'était toutefois pas facile d'accès, entourée d'eau aux quatre points cardinaux – le Nord, le Sud, l'Ouest et l'Est. Alors, ses habitants ont eu l'idée d'élever un mur infranchissable pour se protéger et empêcher ceux que le Grand Mal avait déjà touchés de se réfugier chez eux.

» Ils ont redoublé d'efforts pour couler toujours plus d'acier. Les cheminées de leurs usines ont craché jour et nuit de la fumée, qui a fini par s'accumuler en une couche si épaisse qu'aucun vent ne pouvait plus la dissiper. Et c'est ainsi que le Schmock est né, tu dois l'avoir compris.

» Nos ancêtres se sont alors crus sauvés. Mais ils n'avaient pas prévu que le Schmock ne se dissiperait jamais. Une fois qu'ils ont eu atteint ce niveau de production, les industriels ont continué de faire fonctionner leurs fabriques et leurs fonderies sans répit, pour toujours agrandir la cité, trouver une façon de repousser les remparts. Pire encore, ils n'avaient pas envisagé que le brouillard nauséabond allait sans cesse gonfler et produire des pluies de cendre, obligeant les plus riches à élever des tours pour vivre au-dessus de ce couvercle de fumée. Cela a d'abord suffi à les en protéger, mais est arrivé un temps où le Schmock a gagné les étages des sommets. C'est alors qu'est entré en scène celui qui a fini par régner sur Anglefer…

» Son premier exploit a consisté à coloniser les cieux, épargnés par les émanations toxiques. Pour cela, il a construit les tout premiers palais célestes, capables de gagner peu à peu en hauteur. Comme leurs habitants ne descendaient plus que rarement, pour ainsi dire jamais, au niveau des rampants, ils ont confié leur autorité à d'incorruptibles subalternes, composés de rouages et d'acier. Les fercops sont ainsi nés, puis les ferhoms, simples serviteurs dévoués, incapables de se fatiguer ou de tomber malades, encore moins de se rebeller – c'était toute l'œuvre de ce jeune génie. Les fercops pouvaient ainsi faire régner l'ordre en bas, tout en restant à la solde de ceux d'en haut.

» Tu as évidemment deviné de qui il s'agit. Le docteur Watts ! Il n'était pas celui que tu connais maintenant. Juste un fils de très haute famille, qui possédait le don de soumettre le fer à toutes ses volontés. Ne vois aucune magie là-dedans ! Watts n'a jamais eu d'autre pouvoir que sa redoutable intelligence, tout entière dévouée à l'art de concevoir des machines d'une complexité inouïe. C'est lui qui a également fait rouler des trains aériens suspendus à un fil d'acier, parmi d'autres merveilles. Chacune de ses réussites le rendait plus célèbre et puissant. Si bien que ses concitoyens ont fini par lui confier la direction d'Anglefer, pour qu'il la dirige comme ses usines.

» Mais pendant tout ce temps, le Grand Mal attendait son heure. Il a fini par s'infiltrer à travers la Muraille, peut-être par certains passages souterrains oubliés, transporté par la vermine qui grouillait là. Il a commencé à causer des ravages dans les rangs des plus pauvres. Les hommes et les femmes tombaient un à un.

» Mais tu comprends que si les Célestes demeuraient à l'abri, leur confort dépendait des efforts fournis par la main-d'œuvre des Bas Quartiers. Leur mode de vie s'est donc trouvé menacé. Il fallait absolument trouver le moyen d'éliminer le Grand Mal. Seulement, les compétences du docteur se limitaient à la conception de machines. Il s'est donc tourné vers celles et ceux qui étudiaient les mystères du corps humain, les guérisseurs et les médecins. Et il a alors fait une rencontre qui a changé le cours de sa vie.

» C'est ici que Ladyfox apparaît dans mon histoire. Personne ne l'appelait encore ainsi, c'est venu plus tard. Non, elle se nommait Cécilia. Elle avait grandi au côté de créatures étonnantes, et d'autres êtres humains au-delà de la Muraille…

» Je peux voir à ta tête que tu doutes du sérieux de mes propos. Je ne peux pas t'en blâmer. On nous a toujours dit et répété que le monde se terminait au niveau de la barrière d'acier qui entoure Anglefer. Que, de l'autre côté, depuis que le Grand Mal avait frappé, tout n'était que néant, désolation, mort assurée. Que l'Eireland des Anciens appartenait à la légende et à leur seule fertile imagination…

» Eh bien, c'est faux. La vie s'est acharnée là-bas, elle a vaincu le Grand Mal et continué de prospérer à sa façon. Et Cécilia a contribué à cette victoire, grâce à ses connaissances. Lorsqu'elle a appris que Watts cherchait à se rapprocher de la communauté des guérisseurs, elle est venue à sa rencontre et lui a offert son aide. Comment a-t-elle appris ce qu'il se passait à Anglefer ? Comment a-t-elle trouvé le chemin pour s'y faufiler ? Autant de mystères qu'elle seule pourrait élucider !

» Toujours est-il que le docteur Watts a accepté son aide et qu'elle a réussi à juguler le Grand Mal, grâce à la création d'antidotes. Son histoire aurait pu se terminer là, si des forces incontrôlables ne s'en étaient pas mêlées. Je veux parler de ce qui vient d'ici (Booker s'est touché la poitrine au niveau du cœur) plutôt que de là (cette fois, le crâne).

» Cécilia et le docteur se sont aimés et puis unis. Un enfant a fini par naître. Mais ce couple hors du commun n'était pas fait pour durer. Lui, maître des hommes et des machines, elle, trop éprise de liberté ; ils ne pouvaient pas demeurer liés pour l'éternité. Cécilia a vite éprouvé le besoin de rompre avec la monotonie de son existence dorée. C'est aussi qu'elle ne supportait pas de voir perdurer la séparation entre les quartiers inférieurs et les sommets, même une fois la population guérie du Grand Mal.

» Que s'est-il alors passé ? Personne ne le sait, sinon peut-être son époux. Cécilia a disparu un beau matin, tout simplement. Il raconte qu'elle est décédée en couches. Je ne le crois pas. Je crois qu'elle est rentrée chez elle. Des mois plus tard, à Enfer d'Anges, nous avons entendu parler d'une femme qui vivait autrement et qui se faisait appeler… Ladyfox !

» Son surnom, elle le doit à la créature avec qui elle semblait vivre et qu'on a aperçue ici et là, dans différents secteurs. La créature, tu la connais, tu l'as vue toi-même. Tu n'as pas halluciné, fiston ! Elle existe bel et bien. Et elle est devenue un symbole de nos révoltes. Je crois que ses interventions annoncent un événement hors du commun…

» Lequel ? Mais le jour du retour de notre Lady, voyons ! Le jour où elle reviendra nous débarrasser du joug de l'acier, comme elle nous a libérés du Grand Mal. Comment ? En nous montrant le chemin à suivre pour franchir la Muraille et rejoindre les collines et prairies de son Eireland natale…

» Nous nous tenons prêts à guetter l'arrivée de ce jour, nous, ses milliers de fidèles dispersés dans les secteurs d'Enfer d'Anges. Nous apposons sa marque à l'entrée de nos logis pour nous reconnaître et souhaiter la bienvenue à ceux qui croient en elle. Ou qui, comme toi, ont reçu un signe de sa part. Car il n'y a pas de hasard, fiston : tu as bien répondu à son appel ! »

– Tu crois à ces racontars ? demande Garth, l'air ahuri, une fois qu'Ormo se tait.

Ce dernier n'a pas rapporté chacun des mots employés par le vieux conteur, mais son résumé était quand même très clair.

– Booker semblait sincère, dit-il.

– Plus qu'Ol'Barney quand il délire ? Ces vieux gars perdent l'esprit et finissent par gober leurs propres menteries. Personne n'a jamais entendu parler de cette Ladyfox. Elle n'existe pas plus que l'Eireland des Anciens !

– Peut-être bien, soupire Ormo. Mais si tu te trompais ?

Tout cela ne peut quand même pas être seulement le fruit de l'imagination de Booker. Ormo a plus que tout besoin que ça soit la vérité.

– Booker rassemble les adeptes de Ladyfox, confie-t-il à mi-voix. Il m'a convié à leur réunion de ce soir. J'aimerais que tu y viennes avec moi. Tu pourras juger sur pièces.

Un sourire étire les lèvres de Garth.

– Et peut-être me convertir, n'est-ce pas ? Je te connais par cœur, frérot. Tu cherches à me redonner espoir et à me faire oublier mon état. Je te remercie pour ça. Mais ta Ladyfox n'a rien de réel ! Elle n'est qu'un mythe, hélas, pour nous aider à entrevoir un avenir moins morose ici-bas !

Garth se glisse hors du hamac avec quelques difficultés, repousse la main tendue par son ami, sans doute par fierté, puis se remet debout et lâche :

– Le moins que je puisse faire est de t'accompagner jusque là-bas, pour être à tes côtés quand tu t'en rendras compte…

Chapitre 11
Dans les pages d'un vieux cahier

Plusieurs nuits durant, Feu-Vif demeure absent des rêves d'Altaïr. Pour une raison très simple : ceux-ci ont viré aux cauchemars. Une vision l'obsède, terrible. Celle d'un garçon sans tête, baignant dans un liquide, prisonnier d'un sarcophage d'acier…

Chaque fois qu'Altaïr tente d'interroger son père, brûlant de savoir pourquoi il conserve ce cadavre mutilé, les mots restent bloqués dans sa gorge. Ce serait avouer qu'elle a enfreint une règle primordiale – pas de visite en solitaire, et encore moins de fouille, de son laboratoire –, et se désigner comme la voleuse de la tête de Zoltan.

Le docteur n'émet d'ailleurs aucun commentaire à ce sujet. Pourtant, il a dû constater le larcin. Peut-être l'a-t-il attribué à l'un de ses assistants ?

Quelques apprentis savants lui prêtent parfois la main – de jeunes gens de bonne famille qui l'admirent et sont prêts à marcher dans ses pas. Ces garçons et ces filles n'intéressent pas Altaïr ; ils lui semblent toujours trop fascinés par la figure du docteur pour exprimer une véritable personnalité.

Le silence de son père finit néanmoins par lui peser. Ce matin, c'est décidé, elle bravera sa colère au petit-déjeuner !

Mais une surprise la cueille dès le réveil.

Un ferhom se tient devant la fenêtre de sa chambre, imposante silhouette éclairée à contre-jour par un rayon de soleil. Il se tient exactement à l'endroit où, le jour de son treizième anniversaire, elle a découvert…

– Zoltan ? interroge-t-elle d'une voix toujours ensommeillée en se frottant les yeux.

Peut-être est-elle encore en train de rêver.

–Non, mademoiselle Watts. Ç'aurait été surprenant, vous ne croyez pas ?

Sans attendre la réponse, le ferhom s'avance jusqu'au lit de la jeune fille, se révélant plus en détail. Altaïr frémit en le découvrant vêtu d'une vareuse bleutée, fermée par une rangée de boutons cuivrés, les épaules ornées de galons dorés.

Un policier. Un des fercops chargés de faire régner l'ordre dans la cité. Et pas n'importe lequel, comme la suite le prouve :

–Nous n'avons pas encore eu l'occasion de faire connaissance, dit-il de sa voix sans timbre particulier. Mais vous me connaissez peut-être. Je suis l'inspecteur Jekkyde.

Altaïr s'efforce de ne rien laisser paraître de son trouble. La réputation de l'officier est en effet parvenue à ses oreilles. Le fait qu'il soit autorisé à utiliser un nom plutôt qu'un matricule ainsi que son grade élevé témoignent de son efficacité et de l'estime qu'on lui porte chez les Célestes.

Une fois lancé sur une piste, Jekkyde ne renonce jamais. Pourquoi le ferait-il, puisqu'il n'a pas besoin de dormir, juste de sa dose quotidienne de fluide, pour avancer sans fatigue ?

– Votre père m'a confié une enquête spéciale, enchaîne-t-il. Devinez-vous laquelle ?

Comme elle secoue la tête pour dire non, le policier mécanique la fixe de son regard absent. Le malaise s'accroît d'un cran. *Il sait*, songe Altaïr. *Mais il n'a aucune preuve, alors il essaie de me pousser aux aveux en tentant de m'impressionner – et il y arrive parfaitement !*

– On lui a dérobé un objet auquel il tient. Je suis chargé de le retrouver. Et de châtier le coupable.

En disant cela, Jekkyde fait glisser l'une de ses pognes d'acier jusqu'au manche de la matraque accrochée à sa ceinture de cuir.

Altaïr déglutit avec difficulté. Elle a entendu les rumeurs qui circulent sur la manière dont l'inspecteur applique la justice. La sécurité des citoyens se paie au prix d'une grande brutalité, surtout envers les subalternes.

–J'espère que vous l'attraperez, parvient-elle à articuler. Maintenant, si vous voulez bien m'excuser, j'aimerais procéder à ma toilette dans l'intimité…

D'un geste, elle indique le cabinet dédié au dressing, avec sa baignoire en cuivre et le pommeau de douche relié au réseau de récupération des eaux de pluie, assainies et filtrées.

Ainsi congédié, Jekkyde s'incline.

–Au plaisir de vous revoir bientôt, mademoiselle, lance-t-il avant de sortir.

La menace en forme de politesse plane longtemps après le départ du fercop dans l'air parfumé de la chambre.

Le docteur a déjà levé le camp lorsque Altaïr paraît dans la salle à manger. Elle se force à avaler son thé et à croquer un biscuit, bien que l'intrusion de Jekkyde dans son espace privé lui ait coupé l'appétit.

Combien de temps faudra-t-il au policier pour découvrir où elle a caché la tête de Zoltan ? Il faut qu'elle la déplace au plus vite, aussi discrètement que possible. Elle s'en occupera dès aujourd'hui, après lui avoir fourni son fluide.

D'ici là, Altaïr souhaite résoudre le mystère du garçon décapité. Elle ne croit pas aux coïncidences et soupçonne que tout est lié : le démontage de son ferhom, la mutilation de ce malheureux…

De quelle façon ? Voilà ce qu'il reste à démontrer. Et puisqu'elle ne peut interroger directement son père, et que le temps presse maintenant que Jekkyde est entré en scène, elle doit tenter de trouver la réponse seule.

Pour cela, un endroit lui paraît tout indiqué : là où le docteur range ses secrets.

Le cabinet de travail du docteur est plongé dans la pénombre, rideaux tirés devant les baies vitrées. Un nuage de tabac flotte au plafond, témoin des heures passées par son père à cogiter pendant qu'elle dormait.

Altaïr ignore les étagères et leurs illisibles trésors du passé. Dans son coin, le gros coffre semble l'appeler, planté sur ses quatre pattes bombées. Elle sait qu'à l'intérieur se trouvent les grands cahiers dont les pages sont noircies de croquis, de plans et de schémas détaillant les inventions de son géniteur. Tout Anglefer y est contenue et commentée de la main de son créateur.

Ne reste qu'à passer l'obstacle de la serrure à verrous crantés de ce coffre. La combinaison se compose d'une série de trois chiffres doublés. Le nombre de possibilités atteint donc le million, calcule Altaïr, soudain découragée. Si son père a effectué un choix au hasard, c'est sans espoir !

Mais s'il a utilisé une logique personnelle, elle a peut-être une chance de découvrir laquelle…

Réfléchis, se motive-t-elle. *Entre dans sa tête, tu le connais par cœur, ou peu s'en faut. Six chiffres, divisés en trois paires…*

Comme pour une date !

Elle tourne à tour de rôle chacune des molettes, jusqu'à aligner celle de son treizième anniversaire. Mais aucun déclic ne résonne.

Altaïr jure tout bas. Puis elle décide de modifier l'année, ramenant les deux derniers chiffres dans le passé, jusqu'au jour de sa naissance.

Le coffre lâche alors une espèce de soupir d'acier. Le loquet se déverrouille. Altaïr se félicite de sa clairvoyance, plus émue qu'elle ne l'aurait pensé.

Le docteur a-t-il choisi de commémorer la venue au monde de sa fille adorée ou bien le trépas de son épouse ?

Les deux événements demeurent liés à jamais. Mais peu importe. L'empilement des grands cahiers toilés, classés par ordre chronologique, accapare toute l'attention d'Altaïr.

Elle s'empare du premier, sur le dessus de la pile, et se met à le feuilleter d'une main fébrile. Malgré la semi-obscurité, elle distingue les pleins et les déliés de l'écriture du docteur, étalée sur les pages de droite, d'une marge à l'autre ; côté gauche, des dessins compliqués, d'une extrême précision, d'appareils rendus en trois dimensions. Altaïr les fait défiler, sans savoir de quoi il s'agit. Elle termine le cahier, passe au suivant…

Et ainsi de suite, sans oser allumer la lumière, de crainte de signaler sa présence à un observateur planté sur une passerelle à proximité.

Au bout d'un long moment, elle tombe enfin sur ce qu'elle recherchait : le sarcophage d'acier.

Le cahier concerné est l'un des plus anciens que son père ait rédigés. La preuve : certaines pages ont jauni et craquent quand Altaïr les tourne avec précaution…

Elle s'arrête d'un coup, frappée par une évidence.

Une écriture ample et ronde, distincte des pattes de mouche de son père, occupe près de la moitié des commentaires. Altaïr examine les dates inscrites sur la tranche du volume. Celles-ci indiquent une période remontant à plus de treize années.

Une époque où elle-même n'était pas encore née. Mais à laquelle sa mère vivait toujours. Se pourrait-il qu'elle soit l'autrice de ces lignes ?

Chamboulée, Altaïr referme le grand cahier et décide de l'emporter, afin de le lire tout entier, quelque part où personne ne viendra la déranger. Elle doit mettre de la distance entre son père et elle, et surtout avec le sinistre policier chargé de retrouver la tête de Zoltan, le temps de prendre connaissance du contenu de ces pages. Mais où aller ?

Le souvenir d'une agréable villégiature lui revient en mémoire. Quelques années plus tôt, avec sa gouvernante de l'époque, elle a parcouru en monorail le circuit des bulles les plus éloignées du cœur de la cité, faisant halte dans de charmants hôtels proches de la Muraille. Le docteur ne l'avait pas accompagnée, accaparé par son travail. Là-bas, elle en est sûre, personne ne songera à l'importuner. Une fois sur place, elle adressera un message à son père, par le réseau de transmission à air comprimé, pour lui demander de ne pas s'inquiéter et de la laisser tranquille le temps nécessaire.

Oui, voilà exactement ce qu'il fallait faire ! Rassérénée, Altaïr s'apprête à refermer la porte du coffre quand elle se rappelle l'existence d'un document d'une nature différente.

Le portrait de Cécilia.

Elle ne tarde pas à dégotter l'enveloppe de papier vélin qui protège l'image, dans un compartiment de rangement. Altaïr ne résiste pas à la tentation d'y jeter un coup d'œil.

La jeune femme capturée par l'appareil offre un sourire éclatant à son voleur d'images. Ses cheveux blonds éclatent en une tignasse désordonnée, à peine maintenue par quelques épingles. Les dentelles de son col et du haut de sa robe sont froissées. La pose n'a rien de figé, au contraire. Elle a été surprise et semble rire du tour joué. Mais ce n'est pas ce qui stupéfie le plus Altaïr.

Cécilia n'est pas seule sur l'image. Entre ses bras serrés, elle tient celui qui hante désormais les rêves de sa fille. Oreilles dressées en pointe, museau roux effilé et souligné de blanc, Feu-Vif donne l'impression de passer un excellent moment !

Altaïr rassemble le cahier, l'image et une fiole de fluide – empruntée à l'office, dans la réserve des domestiques – dans une sacoche, puis elle prend la direction du *Palais de la lune*, hâtant le pas, résistant à l'envie de courir. Mille questions se bousculent sous son crâne enfiévré.

Son père, sa mère, Feu-Vif, les ferhoms, le garçon à la tête coupée… Tout se mélange en une pâte de mystères dont elle ne sait quoi penser.

La cité d'Anglefer telle qu'elle l'a toujours connue semble s'effriter sous ses pas, bâtie sur des fondations de mensonges et de secrets.

Pourquoi le docteur lui a-t-il tu le rôle de son épouse dans ses travaux ? Pourquoi n'a-t-il jamais évoqué l'existence de la créature couleur feu ? Et comment cette dernière a-t-elle réussi à se faufiler dans ses rêves ?

Tout cela a-t-il un sens ?

Altaïr repousse ces pensées inquiétantes pour se concentrer sur l'instant présent. Elle est restée plus de temps qu'elle ne le supposait dans le cabinet de travail du docteur, et la matinée est déjà très avancée.

La foule encombre les passerelles, les terrasses et les plateformes des stations de monorail. Bien qu'elle s'efforce de rester discrète, Altaïr ne passe pas inaperçue. Beaucoup la reconnaissent, certains la pointent du doigt. Elle aurait dû penser à cacher sa chevelure sous un foulard ou sous une ombrelle !

Mais elle se fait peut-être des idées, gagnée par l'appréhension à cause de ce maudit Jekkyde. Plusieurs fois, elle se retourne pour tenter de deviner la silhouette du fercop au milieu des Célestes. Son gabarit l'empêcherait de se fondre dans la masse, sans parler de son uniforme couleur azur foncé. Elle ne l'aperçoit nulle part, s'en trouve soulagée.

Arrivée au palais, elle grimpe quatre à quatre les marches et, parvenue sur le toit, se dirige tout droit vers les casiers. Aucun employé n'essaie de l'arrêter. Dans les hauteurs, sous le décor lunaire, seule une poignée de voltigeurs s'amusent à braver la gravité.

Altaïr dépose sa sacoche, le temps d'ouvrir son casier.

– Bonjour, mademoiselle, la salue Zoltan.

– Chut ! intime-t-elle. Ne nous fais pas remarquer…

Elle remplace la fiole de fluide presque vide, reliée par un tuyau à la tête de Zoltan, par celle qu'elle a apportée. Puis elle dépose la tête du ferhom dans son bagage, tout contre le grand cahier. Par réflexe, elle ajoute son harnais de voltige dans le peu de place encore disponible. Enfin, elle rejoint la sortie, aussi vite que le poids du contenu de la sacoche le lui permet.

Maintenant, songe-t-elle, *le sort en est jeté !*

La station de monorail la plus proche se situe à moins d'une douzaine de bulles. C'est un parcours sans difficulté, malgré le vent qui se lève, qui emprunte des passerelles de moins en moins encombrées.

L'heure du déjeuner approche, les Célestes regagnent leurs sphères privées ou celles de restaurants. Ne sachant pas combien de temps durera son séjour, Altaïr regrette déjà le *Palais des gourmets*…

Elle aperçoit la plateforme effilée du quai, collée au filament du rail en suspension, sous les nombreux ballons de soutien alignés jusqu'à l'horizon. Un engin fuselé, couvert de chromes éblouissants, s'annonce dans le lointain…

– Halte-là, mademoiselle ! l'interpelle Jekkyde en lui barrant soudain le passage.

Le policier vient de sauter d'une terrasse située à une bonne dizaine de mètres au-dessus d'elle. Il s'est réceptionné devant elle dans un bruit effroyable, tel le coup de gong du destin !

D'abord tétanisée, Altaïr ne reste pas sans réagir plus de quelques secondes.

Chapitre 11

Le convoi du monorail atteindra bientôt la station. Impossible de se faufiler entre les bras écartés du fercop. Mais si elle pouvait le survoler…

Elle ouvre la sacoche, attrape son harnais, l'enfile à la hâte en quelques gestes experts.

– Très mauvaise idée, indique Jekkyde. L'emploi de ces appareils est prohibé en dehors des bulles agréées à leur usage, pour d'évidentes raisons de sécurité…

Altaïr ne l'écoute pas.

Elle appuie sur le bouton de démarrage, agrippe l'anse de son bagage et, tandis que ses deux paires d'ailes se déploient dans son dos, elle rassemble son courage avant de s'élancer par-dessus l'inspecteur d'acier.

Jekkyde bondit et essaie de lui saisir la cheville quand elle passe à sa portée. Ses doigts métalliques effleurent la jambe de la jeune fille et lui égratignent la peau.

Altaïr serre les dents, persiste dans son effort, lutte contre le vent qui fait dévier sa course. La station se rapproche, le train aérien également…

Vite, elle peut le faire !

C'est alors qu'une bourrasque la gifle de plein fouet. Altaïr perd le contrôle de son acrobatie. Ses ailes ploient et s'emmêlent. La jeune fille lâche un cri bref.

Elle plonge dans le vide, tournoyant sur elle-même, comme une toupie prise de folie, tout droit sur la couche de Schmock !

Chapitre 12
Tombée du ciel !

Ormo et Garth avancent tels des spectres dans le mélange de cendrée-sombre et de vapeur crachée des souterrains.

Ils parviennent à éviter les patrouilles de fercops sans difficulté. Il faut dire qu'ils sont presque invisibles, à cette heure-ci ! La brouillasse levée en début de soirée remplit les rues des Bas Quartiers d'une ouate épaisse. L'éclairage insuffisant fait le reste.

La nuit, Enfer d'Anges est un paradis pour des garçons habitués à ce qu'on ne les remarque jamais !

Le trajet reste pénible pour Garth, qui a toujours du mal à respirer. Sans le soutien d'Ormo, il n'y arriverait pas. Mais la curiosité lui donne un regain d'énergie inespéré. Ils marchent aussi vite que possible, utilisent les trottoirs roulants à l'occasion, mais évitent les stations de trolley où rôde souvent l'un de ces fercops de malheur.

À l'approche de leur destination, la prudence les oblige à effectuer quelques détours, et surtout à éviter les artères trop fréquentées. Ainsi s'engagent-ils de préférence dans les ruelles où s'entassent des immondices en voie de décomposition, dont la puanteur rivalise avec celle du Schmock. Au moins n'y croisent-ils aucun curieux.

Mais les allées ne sont pas complètement vides pour autant. La preuve : un corps gît au milieu de celle qu'ils viennent tout juste d'emprunter !

Un corps mince et gracile, figé dans une drôle de position, bras et jambes emmêlés, sur une couche de déchets.

Les deux amis s'en approchent doucement pour l'examiner. Ils retiennent une exclamation en découvrant un visage d'une pâleur de porcelaine et une chevelure blonde d'une propreté inouïe, dénués des marques de la cendrée-sombre. Elle est vêtue d'une toile fine et délicatement brodée. Garth et Ormo n'ont jamais rien vu de pareil !

Mais ce n'est pas le plus extraordinaire. La jeune fille a une paire d'ailes brisées dans le dos ! S'agirait-il d'un ange ? Non, à l'évidence : un harnais maintient solidement le dispositif mécanique autour de sa poitrine…

– Je crois, dit Garth, impressionné, qu'il s'agit d'une Céleste. Elle est morte, à ton avis ?

Ormo penche une oreille au plus près des lèvres restées entrouvertes de la fille et y surprend un souffle léger.

– Elle respire à peine. La pauvre risque d'étouffer sans foulard filtrant…

Il se débarrasse alors du sien et le noue autour du cou de la malheureuse. Il frémit quand ses doigts effleurent la peau de sa nuque, d'une incroyable douceur.

– Comment est-elle arrivée là ? demande Garth en inspectant les environs. Tu crois qu'elle est tombée du ciel ?

Ormo lève le nez en l'air. À travers le brouillard, il distingue des cordages qui pendouillent dans les hauteurs de la ruelle. Il s'agit sûrement des mailles d'un des filets de sécurité suspendus sous le ventre du Schmock, et qui auront cédé après avoir amorti la chute de la Céleste.

Pas étonnant, se dit Ormo, *la plupart sont tellement vieux, rongés par les vapeurs acides !*

– On ne peut pas la laisser là, décide-t-il. Emmenons-la chez Booker. Il saura quoi faire.

– Attends, dit Garth. Il y a quelque chose, là, par terre…

Il récupère une sacoche de cuir, tombée un peu plus loin. À l'intérieur, les garçons trouvent une espèce de grand livre peu épais et, plus bizarre, une tête de ferhom sans marque gravée au front. Enfin, ils tombent sur une image dessinée avec une étonnante précision, représentant une très belle femme blonde… et à ses côtés, l'étrange créature aux oreilles et au museau pointus ! Ormo manque s'étrangler de stupéfaction…

– C'est lui ! Celui que j'ai vu quand on était coincés sous terre !

Garth détaille le signe gravé sur la façade de l'antre de Booker, tandis que son compagnon frappe trois coups brefs à la porte. La marque de Ladyfox se fond dans les taches orangées dues à la corrosion. On pourrait facilement ne pas la repérer, à moins d'avoir déjà vu une créature comme celle-là.

Le locataire de la maison ne tarde pas à ouvrir. Il est fidèle à la description faite par Ormo : si vieux qu'on peine à croire qu'il soit encore vivant !

– Dépêchez-vous d'entrer, dit-il en s'effaçant, après avoir jeté un coup d'œil de chaque côté de la ruelle pour vérifier que personne ne les suit.

Puis, il avise la jeune fille inconsciente soutenue par Ormo et pousse une exclamation qui fait sursauter les garçons.

– Où l'avez-vous trouvée ? demande-t-il.

Booker les presse d'entrer et referme derrière eux sans attendre la réponse. Ormo s'apprête à lui donner quelques explications, mais Booker le prend de vitesse, visiblement très excité.

– D'abord toi, dit-il en fixant le garçon avec intensité. Elle, ensuite… C'est extraordinaire ! Tout est en train de s'accomplir !

Ormo n'a pas la moindre idée de ce qu'il veut dire. Il ne s'en soucie guère.

– Elle est sûrement blessée. Il faut s'occuper d'elle…

– Oui, oui, bien sûr ! Suivez-moi jusqu'en bas… Au fait, qui c'est, celui-là ?

Fasciné par l'inconnue, Booker semble seulement s'interroger sur la présence de Garth.

– Mon meilleur ami, le présente Ormo.

Avec Elbert, ajoute-t-il en pensée, *mais lui n'est plus parmi nous, hélas !*

– Notre groupe apprécie le sang frais, réplique Booker. Nous ne sommes pas très nombreux dans ce secteur, mais il existe des communautés comme la nôtre partout dans Anglefer. Nous ne cessons de croître et de nous multiplier. Bientôt, nous formerons une véritable armée et nous nous soulèverons…

Il s'interrompt, conscient de s'emporter. Il sourit par-dessous sa barbe aussi blanche que fournie.

– Chaque chose en son temps, reprend-il plus calmement. Je vais vous présenter aux autres. Et m'occuper de votre amie comme il convient !

Il soulève un rideau pour les entraîner dans le dédale de son logis, constitué d'une succession de petites pièces voûtées en entresol. Lors de sa première visite, Ormo n'a rien deviné de ce réseau souterrain. En décrasseur avisé (ou plutôt, en ex-membre de la confrérie !), il identifie des tuyaux courant au sol et le long des parois pour distribuer vapeur, gaz, fluide, capsules à courrier…

– Vous pouvez lui enlever son foulard, dit Booker à propos d'Altaïr. Et toi, ajoute-t-il à l'intention de Garth, retire aussi le tien. Ici, l'air est filtré.

– Comment est-ce possible ? s'étonne l'intéressé.

– Je possède quelques talents de bricoleur, avoue modestement le vieil homme. Là-haut, précise-t-il en levant les yeux pour désigner le domaine des Célestes, j'appartenais au corps des ingénieurs formés par le docteur.

Voilà qui explique pas mal de choses, songe Ormo avant de reporter son attention sur l'endroit où ils débouchent soudain.

La cave sent l'humidité, les choses anciennes et oubliées. Des piliers de fer soutiennent son plafond voûté. Plusieurs dizaines de chandelles brûlent, éparpillées au sol ou entre les mains de personnes qui patientent en discutant à voix basse. Les fidèles de Ladyfox !

Ils ne sont qu'une vingtaine, et à leurs habits, Ormo comprend qu'ils représentent les diverses corporations des bas-fonds. La plupart portent leur tenue de travail, siglée à la poitrine d'un W. Il s'agit surtout d'ouvriers et d'ouvrières des manufactures du docteur, constate Ormo. Plus âgés que les décrasseurs, ils ont pour habitude de les regarder un peu de haut. Quelques femmes en simple robe de toile, sûrement des mères au foyer, complètent l'assemblée. Elles, au moins, ne snobent pas les visiteurs !

– Dépose-la ici, doucement, s'il te plaît, indique Booker à Ormo en désignant une espèce d'établi et en repoussant les outils qui s'y trouvent. Toi, ordonne-t-il ensuite à un gars au crâne rasé d'une vingtaine de moites-saisons, cours chercher Nurse Mary. Dis-lui d'apporter sa trousse à potions magiques ! Allez, file !

Garth dépose la sacoche près de la jeune fille, puis en présente le contenu à leur hôte.

– De mieux en mieux, commente Booker après un bref examen du cahier, de l'image et surtout de la tête du ferhom.

Il entreprend ensuite de débarrasser son invitée surprise du harnais qui l'embarrasse, en quelques gestes habiles. Enfin, il daigne s'adresser aux fidèles dont les grommellements d'impatience emplissent la pièce voûtée.

– Voici celui dont je vous ai parlé, dit-il en montrant Ormo.

– C'est toi qui prétends avoir aperçu un messager de notre Lady ? demande un homme aux joues flanquées de flamboyantes rouflaquettes blond-roux.

Il y a de la hargne dans le ton employé, mais aussi un soupçon de jalousie.

– C'est moi. Et je n'invente rien du tout, se défend Ormo. Je sais ce que j'ai vu.

– Calme-toi, Correy, intime Booker. J'ai déjà sondé ce gamin. Il dit la vérité.

– Pourquoi lui ? crache Correy. Pourquoi le messager ne s'est-il pas montré à l'un d'entre nous ? On l'a bien mérité, non ? Lui ne croit même pas en notre Lady, j'en mettrais ma main à couper !

Des murmures approbateurs s'élèvent de toutes parts.

– Mes amis, lance Booker avec autorité, il ne s'agit plus de douter ! Vous savez tous comme moi ce que signifie l'apparition du messager…

Les fidèles s'agitent. Certains semblent déborder de joie ; d'autres, comme Correy, protestent. Garth et Ormo échangent un regard intrigué. Qu'est-il en train de se passer ?

Booker frappe alors plusieurs fois une colonne, à l'aide d'un bout de tuyau, pour faire cesser le brouhaha.

– Le moment où nous pourrons gagner notre liberté approche, dit-il. Le messager annonce le retour de notre Lady. Elle sera bientôt là pour nous aider à franchir la Muraille et nous guider vers son pays de vertes vallées !

– Comment peux-tu en être aussi certain ? demande Correy.

– Parce que nous avons reçu un signe irréfutable, ce soir, réplique Booker en pointant l'inconsciente du doigt.

– Elle ? demande calmement une autre femme dans l'assemblée. Pourquoi donc ? Parle, Booker, nous t'écoutons !

Le retour du garçon au crâne rasé, accompagné de Nurse Mary, capte alors l'attention générale. Tout le monde s'écarte sur le passage de la femme au tablier immaculé et au chignon impeccablement noué.

– De l'air ! réclame-t-elle avec autorité. N'empêchez pas cette malheureuse de respirer !

Elle se met aussitôt à palper la blessée de la tête aux pieds avec des gestes experts.

– Rien de cassé, déclare-t-elle, soulagée. J'aime mieux ça. S'il avait fallu lui ressouder les os, l'hôpital aurait été un lieu plus indiqué. Sauf que là-bas, les ferreux laissent traîner leurs yeux…

Apercevant alors la tête de l'homme-machine déposée au bout de l'établi, Nurse Mary pousse un cri de surprise, achevé en un juron si salé que les joues des garçons s'empourprent.

– Booker, satané bricoleur, as-tu perdu l'esprit ? Qu'est-ce que ce ferreux-là fiche ici ?

– Calme-toi, il est désactivé. Sans fluide, il ne représente aucun danger.

– Je préfère ça… Bon, voyons un peu si cette demoiselle daigne se réveiller…

Elle ouvre sa malle et fouille parmi le lot de flacons rangés à l'intérieur.

– C'est de la magie, tu crois ? demande Garth à l'oreille d'Ormo.

Pas assez discrètement pour passer inaperçu. Nurse Mary lui sourit avec indulgence.

– Mes potions n'ont rien de magique. Je connais juste un soupçon de chimie. Et je m'en sers pour soigner les enfants qu'on me confie.

Elle choisit une fiole anodine, emplie d'un liquide transparent, retire le bouchon et approche le goulot des narines de la gisante…

Qui soulève aussitôt les paupières ! La jeune fille bat plusieurs fois des cils. L'éclat de ses pupilles semble illuminer les environs pourtant mal éclairés. L'air perdu et désorienté, elle observe les visages inconnus qui l'entourent, avant de s'arrêter sur celui de Booker.

– Bien le bonjour, mademoiselle Watts, la salue-t-il alors.

Le nom fait réagir les présents. Des exclamations résonnent sous la voûte du plafond. Ormo ouvre lui-même de gros yeux ronds. La fille du docteur, ici ?! Inimaginable !

– Vous savez qui je suis… monsieur ? s'étonne-t-elle d'une voix enrouée, en massant sa gorge.

Booker approuve d'un hochement de barbe.

– J'ai été banni des cieux peu après ta naissance, mais comment ne pas te reconnaître ? Tu es le portrait craché de ta mère, ajoute-t-il en montrant l'image découverte plus tôt dans sa sacoche. Nous l'attendions elle ; seulement, c'est toi qui es venue. Je ne crois pas aux coïncidences, alors je suppose que tu feras l'affaire pour nous guider jusqu'aux collines de l'Eireland !

Chapitre 13
L'effroyable vérité

Une fois le groupe de fidèles parti annoncer la nouvelle de son arrivée aux autres communautés, Altaïr se retrouve en compagnie du vieil homme et des deux garçons si différents de tous ceux qu'elle a côtoyés jusqu'à présent.

– C'est à vous que je dois la vie, dit-elle aux décrasseurs. Alors, merci ! Puis-je au moins connaître vos noms, je vous prie ?

– Moi, c'est Garth ! se presse de répondre le plus maigrelet. Et lui, Ormo, ajoute-t-il en donnant une tape sur l'épaule de son compagnon.

Ce dernier contemple toujours la jeune fille avec stupéfaction. Un instant, elle croit qu'il est muet, car les mots semblent avoir du mal à franchir ses lèvres. Mais ils finissent par jaillir d'un coup, avec une virulence qui la fait sursauter :

– Pourquoi tu t'es enfuie ?

Altaïr, décontenancée, ne sait que répondre. Son silence semble agacer Ormo, qui reprend de plus belle :

– Tu es née au paradis, bon sang ! Que peut-on espérer de mieux ? Tu as voulu faire une petite excursion chez les gueux ? Et elle a mal tourné ?

Altaïr comprend sa colère, mais pas qu'il lui en veuille personnellement. Pas plus que lui, elle n'a choisi l'endroit où venir au monde. Surtout, il n'imagine pas ce qu'elle a vu dans le laboratoire de son père.

– Je suppose que ça doit te paraître étrange, peut-être indécent, rétorque-t-elle, mais la vie que je menais là-haut ne me plaisait pas vraiment. Toutefois, ce n'est pas pour ça que je suis partie. Ce qui m'a poussée à m'enfuir…

Elle se tait soudain, les traits crispés en une grimace d'horreur.

Chapitre 13

– Quoi ? insiste Ormo. Tu ne veux pas en dire plus ? Qu'est-ce qui t'a donc poussée à tomber, littéralement, aussi bas ?

– Ormo, doucement, tente Garth. Laisse-la respirer.

Le silence s'éternise, à peine troublé par un froissement régulier de pages tournées. Dans son coin de l'atelier, Booker achève d'examiner le cahier d'Altaïr. Son visage ridé se fige dans une expression d'une rare gravité. Altaïr l'observe, inquiète qu'il fouille ainsi dans ses affaires…

– Je sais, moi ! lance tout à coup Booker. Et je comprends les raisons de ta fuite. Je les approuve, même.

Il pousse un soupir. Puis il s'adresse aux garçons en agitant le cahier :

– J'ai reconnu les écritures, à l'intérieur. Les commentaires du docteur et de sa jeune épouse m'ont ramené des années en arrière…

Altaïr se fige. Booker chasse souvenirs et regrets en secouant la tête, prend une profonde inspiration avant de se replonger dans l'horreur de son passé.

– Ce que tu as compris, je l'ai supposé sans oser y croire vraiment. La preuve est là…

Booker ouvre une double page emplie d'annotations et de schémas. Côté dessins, on distingue la vue en coupe d'un crâne de ferhom, dominant celle d'une masse en forme de nuage, pleine de bosses et de saillies, comme un entremêlement de cordes nouées très serrées.

– Qu'est-ce que c'est ? demande Garth.

Ormo n'en a, lui non plus, pas la moindre idée. Du regard, il interroge Booker. Mais le vieillard se perd dans les méandres de sa mémoire.

– Longtemps, je me suis demandé par quel prodige le docteur Watts réussissait à insuffler un semblant de vie dans les carcasses des hommes mécaniques. À l'époque, tous ses assistants se posaient la même question : quel est donc le miracle de sa programmation ? L'assemblage des rouages et des ressorts explique l'animation des membres d'acier, mais comment les ferhoms parviennent-ils à simuler une pensée ? Quand on l'interrogeait, leur inventeur se retranchait dans le secret. « Un caprice de génie », disait-on. Alors, personne n'insistait. Sans doute par peur, aussi, de celui qui était capable de maîtriser une invention pareille…

Il marque une pause, sourit avec tristesse, puis reprend la parole dans un murmure :

– Je n'ai rien soupçonné, aveuglé par l'aura du docteur. Et lorsque son épouse a disparu, il était trop tard. La disgrâce a suivi, l'inexplicable renvoi de tous les ingénieurs qui avaient un jour ou l'autre fréquenté le laboratoire – moi le premier... Mais à présent, je comprends les raisons de cette décision. Watts craignait que la curiosité de ceux qu'il avait formés ne les incite à percer le mystère de ses ferhoms. Une arme dont il voulait rester le maître. Alors, pour plus de précautions, il nous a bannis à jamais des sommets d'Anglefer...

Ses yeux se posent sur le cahier ouvert, qu'il tient entre ses mains tachées de son. Garth et Ormo retiennent leur souffle dans l'attente de sa conclusion :

– Aujourd'hui, je connais enfin l'effroyable vérité... Mes pauvres enfants, ce qui se cache sous le crâne d'acier des ferhoms n'est rien d'autre qu'un cerveau humain !

Le vertige fait encore vaciller Ormo quelques minutes après cette révélation. Voilà le secret de la programmation des hommes mécaniques ! Ce à quoi leur intelligence tient et qui leur permet d'asseoir une autorité à la solde des puissants. Comment le docteur Watts a-t-il pu en arriver à imaginer transformer des gens en machines serviles ?

En tout cas, il comprend désormais les raisons de la fugue d'Altaïr et s'en veut de la façon agressive dont il l'a accueillie. Il hésite à lui présenter ses excuses. Elle les attend peut-être, sans doute habituée à ce qu'on la traite avec tous les égards. Mais dans le seul monde qu'il connaît, ces choses-là ne se produisent pas souvent !

– Je n'arrive toujours pas à y croire, lâche Booker, dépité. Et pourtant, l'évidence est là, étalée sous mon nez !

Le vieil homme repose le cahier sur l'établi, près de la tête inanimée du ferhom. Chacun doit, comme lui, se demander si elle contient vraiment un cerveau, et à qui il pouvait bien appartenir avant de se retrouver enfermé dans ce crâne d'acier.

Chapitre 13

– Tous ceux qui sortent de l'usine d'assemblage sont dans le même cas, vous croyez ? demande Garth.

– Je ne pense pas qu'il y ait des exceptions, répond Booker. Le docteur a conçu une méthode unique, dirait-on. Et assez efficace pour n'avoir pas besoin d'en changer !

– Mais on compte les ferhoms par milliers… Où Watts a-t-il pu se procurer autant de cerveaux ?

Booker lui renvoie un sourire attristé.

– Au début, il disposait d'une importante réserve : les victimes du Grand Mal qui ravageait notre cité. Quelle formidable matière première sur laquelle expérimenter !

– Mais on a fini par l'éradiquer, ce mal, fait remarquer Garth.

– Exact. Depuis, il a fallu chercher ailleurs… Tu m'as dit que beaucoup d'indigents quittaient ton dortoir en abandonnant leurs affaires. Il suffit qu'ils tombent sur des fercops prêts à les embarquer. Ces pauvres bougres ne manqueront hélas à personne. Et les Bas Quartiers regorgent de pareilles installations. Enfer d'Anges doit en compter plusieurs centaines. Sans parler des malheureux enfermés pour un oui ou pour un non dans les geôles des fercops, et qu'on ne revoit jamais plus. La cité-monde est peuplée d'orphelins, comme toi ou Ormo…

Garth blêmit, accusant le coup de la révélation. Il aurait pu rejoindre l'usine du docteur, à l'heure qu'il est ! Et être utilisé malgré lui pour tyranniser les siens !

– Comment empêcher que ça continue ? demande alors Ormo. Il faut mettre un terme à cette horreur !

Booker lui montre le cahier abandonné sur l'établi.

– Là-dedans, Watts explique de quelle façon il a conçu sa maudite invention, à partir des connaissances de son épouse en matière du vivant… et de ses connaissances en mécanique.

– Ladyfox a participé aux expériences ?

– Je ne le pense pas. Elle a livré certains de ses secrets pour soigner les victimes du Grand Mal. Ce que le docteur en a fait ensuite a dû échapper à notre Lady. Jusqu'au jour où elle a fini par entrevoir la vérité, je suppose… Maintenant, je sais précisément pourquoi elle a disparu, elle aussi…

Ce disant, il couve Altaïr d'un regard entendu. La jeune fille suit l'échange avec un air résolu. Les allusions à sa mère captent toute son attention. Elle n'ose pas interrompre le vieil ingénieur, pressée d'en apprendre encore plus à son sujet, même si elle se demande pourquoi tous l'affublent d'un surnom si bizarre – Ladyfox, quel sens cela peut-il donc avoir ?

– Pour revenir à ta première question, reprend Booker, je crois qu'il existe un espoir pour l'esprit des prisonniers de ces carapaces d'acier… Attends un peu.

Il récupère le cahier, mouille son index du bout de la langue avant de tourner les pages, jusqu'à tomber sur celle qu'il semblait chercher. Garth et Ormo s'approchent pour mieux voir par-dessus son épaule. À la place des dessins et des plans, les feuillets se couvrent de formules compliquées, mélangeant chiffres, lettres et symboles inconnus.

– Qu'est-ce que c'est, ce charabia ? demande Ormo.

– Le legs le plus précieux de notre Lady. La recette chimique du fluide, rends-toi compte !

Booker semble ravi. Ormo, lui, beaucoup moins.

–Je ne vois pas en quoi ça peut aider…

–Le liquide n'est pas qu'un simple nutriment, vois-tu. Il fournit aux ferhoms l'énergie dont ils ont besoin pour fonctionner correctement, mais il assure aussi leur total dévouement au maître d'Anglefer. Car il contient des éléments qui effacent la personnalité et inhibent la volonté, si j'en crois les commentaires de ces formules.

–Le fluide les rend dociles, c'est ça? Mais s'ils n'en boivent pas, ils ne fonctionnent plus. Ils n'ont donc pas le choix. C'est horrible!

Altaïr a suivi le même raisonnement et a abouti à une conclusion aussi implacable. Ce garçon n'a rien de lent dans ses réflexions, comme elle le supposait, et se montre même assez futé, en plus d'exprimer une sincère bienveillance envers les créatures opprimées.

–À l'aide de ce carnet, je peux concevoir un «antifluide» qui leur rendra la mémoire, avance Booker. Et avec un peu de chance, la liberté.

–Vous en seriez capable?

La question émane d'Altaïr, cette fois, et vibre d'un poignant espoir.

– À condition de me procurer certains produits qu'on trouve dans les laboratoires de quelques fabriques. Ces lieux sont très surveillés, mais les fidèles de notre Lady y sont de plus en plus nombreux.

Le vieil homme adresse un clin d'œil à la jeune fille avant d'enchaîner, en lui montrant le tuyau du réseau de courrier par air comprimé :

– Ça ne devrait pas poser de difficultés. Je vais adresser un message codé à Correy. C'est une vraie tête de lard, mais aussi le gars le plus débrouillard que je connaisse ! Il va nous fournir ce qu'il me faut très rapidement, je n'ai aucune inquiétude à ce sujet. Non, c'est après que ça va se gâter. Car il faudra procéder à des essais. L'idéal serait de disposer d'un cobaye…

Ormo trouve immédiatement la solution :

– Il y en a un à disposition, ici même !

– Zoltan, précise alors Altaïr. C'est son nom. Pas le vrai, pas celui qu'il portait avant de subir cette sinistre transformation, mais celui que je lui ai choisi. Si vous souhaitez l'utiliser, je pense qu'il vaudra mieux lui demander sa permission une fois que vous l'aurez réactivé !

Partie 3

UN MYSTÈRE DERRIÈRE LA MURAILLE

Chapitre 14
Goodbye Zoltan, hello Rory !

Quelques heures plus tard – une attente interminable pour Ormo, Altaïr et Garth –, Correy est de retour chez Booker, avec, dans sa musette, de quoi satisfaire le vieil ingénieur.

– Voilà ce que tu m'as demandé, dit-il en déposant le fruit de ses rapines sur l'établi de l'atelier.

À première vue, aucune des bouteilles ne présente d'intérêt particulier. Elles ressemblent à celles que les ouvriers emportent pour accompagner leur casse-croûte et étancher leur soif pendant les pauses.

– Ça n'a pas été trop compliqué de les sortir de l'usine ? demande Ormo.

– Quand il s'agit de rouler les fercops de la sécurité, tu peux me faire confiance, réplique Correy avec fierté. Ils fouillent nos poches et nos besaces, mais ne touchent jamais à la boustifaille. Ils ne possèdent pas le sens du goût, alors ils ne testent même pas le contenu de nos boutanches ! Pour eux, entre un tord-boyaux ou un produit chimique, il n'y a aucune différence !

– Heureusement pour nous, souligne Booker. Maintenant, laissez-moi faire. Je ne devrais pas en avoir pour longtemps.

Il se met au travail sous les regards attentifs de ses invités. Ormo, Garth, Altaïr et Correy n'osent pas le déranger tandis qu'il mélange les liquides en suivant les instructions du grand cahier ayant appartenu au docteur Watts et à Cécilia.

Une fois qu'il a fini, Booker retire avec délicatesse le masque chromé de Zoltan, déposant écrous et vis près de la fiole remplie d'antifluide et du tuyau qui la relie au crâne. Chacun retient son souffle en découvrant ce qui se cache à l'intérieur de la tête d'acier. Tous sont impressionnés par la subtilité des engrenages du dispositif vocal, qui occupe une place réduite. La plus grande partie abrite une demi-sphère grise et rosée, constituée de matière organique.

– Voilà le siège de sa pensée, commente Booker. Pas du tout une mécanique, comme vous pouvez le constater. Et pour cause : nous avons tous la même chose ici même !

Il se tapote la tempe droite de l'index.

– Je n'avais jamais vu de cerveau en vrai, souligne à voix basse Altaïr. Mais je me souviens des leçons d'anatomie que m'a données mon père…

L'émotion fait trembloter sa voix quand, s'approchant au plus près de l'établi, elle demande :

– Zoltan, es-tu conscient ? C'est moi, Altaïr… Est-ce que tu me reconnais ?

Les rouages se mettent en mouvement avec force cliquètements.

– Ou… oui, mademoiselle Watts. Je… je crois… Je me souviens de certaines choses… Oh, grands dieux ! Que m'est-il arrivé ? Pou… pourquoi m'ont-ils fait ça ?

Un terrible silence suit. Personne n'ose le briser. Sans s'en rendre compte, la main d'Altaïr cherche et trouve celle d'Ormo. Le garçon frémit au contact si doux de sa peau. Il entremêle ses doigts à ceux de la Céleste, honteux qu'ils soient crasseux, mais secrètement ravi de lui procurer un brin de réconfort.

Finalement, la fille du docteur reprend la parole dans un murmure :

– Je suis tellement navrée, Zoltan… J'ose à peine imaginer ce que tu ressens. Ce qu'il t'est arrivé est affreux. Nous prendrons le temps de t'expliquer… Et sache que nous pouvons te désactiver si tu le souhaites…

Le mécanisme langagier du ferhom s'anime alors de plus belle.

– Je préfère que vous m'appeliez par mon véritable prénom, mademoiselle. Je m'en souviens, à présent. Je m'appelle Rory. Et je tiens à rester conscient. J'ai trop peur d'oublier de nouveau qui je suis réellement, dans le cas contraire.

Chapitre 14

Booker a soudain l'air très fier de lui.

– Je vous l'avais bien dit ! Mon antifluide fonctionne à merveille ! Je n'ai pu fabriquer qu'une seule dose, mais le test est concluant, n'est-ce pas, Rory ?

– Je sais maintenant qui je suis, répète l'intéressé. Ou plutôt qui j'étais quand je possédais un corps humain : un musicien. Je gagnais ma vie en jouant des airs anciens dans les bars et les caves des Bas Quartiers. J'avais des mains en or, capables de maîtriser tous les accords de mandoline ou de banjo…

Il émet l'équivalent d'un soupir de regret.

– Je ne les retrouverai jamais, même si vous parvenez à me reconnecter à une carcasse d'acier…

– J'ignorais l'effroyable vérité, dit Altaïr. Si j'avais pu me douter !

– Tu ne m'as pas méprisé, toi, au moins. Tu m'as traité avec beaucoup de dignité.

L'ancien musicien passe au tutoiement avec facilité à présent qu'il n'est plus contraint à la servilité.

– Tu m'as même défendu contre les tiens, ajoute-t-il. Je t'en suis reconnaissant.

La jeune fille se souvient de la soirée de sa cérémonie d'anniversaire. La stupide arrogance des invités, leur jalousie après qu'elle a accordé une danse au ferhom, l'altercation avec son père…

Elle pousse un cri de frustration et de colère. Tant d'insouciance, de vanité, la fait d'autant plus enrager qu'elle sait à présent comment vivent les moins bien lotis d'Anglefer !

– Tout va bien ? s'inquiète Ormo.

Altaïr essaie de se reprendre et dit avec intensité :

– Personne ne choisit l'endroit où il naît, mais ça n'excuse en rien de garder les yeux fermés sur la misère de ses contemporains…

Puis Altaïr se tourne face à Booker et l'apostrophe avec une vigueur nouvelle :

– Le destin m'offre une occasion unique de marcher dans les pas de ma mère. Où qu'elle soit, j'ai envie de la rendre fière. Dites-moi ce qu'il faut faire !

– Tu es bien la fille de Ladyfox, aucun doute à ce sujet, rétorque Booker. Je suis persuadé qu'elle est toujours en vie, qu'elle t'attend quelque part.

Elle n'est pas morte en te mettant au monde, je te le garantis. J'étais encore là-haut quand tu es née. Rien de tel ne s'est produit. Le docteur t'a raconté ce qui l'arrangeait. Pourquoi ? Lui seul connaît la vérité...

Booker marque une pause, pensif. Mais il ne tarde pas à enchaîner :

– Si tu souhaites honorer notre Lady, il te faut nous aider à libérer les ferhoms, pour commencer.

– Comment comptez-vous vous y prendre ?

– En modifiant la formule du fluide directement à la source, dans l'usine de ton père. Nous y avons aussi des partisans. Correy leur fera connaître les ingrédients. Dès que l'antifluide circulera dans les tuyaux, la révolution sera enclenchée. D'abord, les ferhoms qui s'alimentent aux pompes publiques ne seront plus soumis à leur programmation...

– Les fercops aussi ? demande Ormo.

– En théorie, sourit Booker dans sa barbe fleurie. Une fois qu'ils ne seront plus soumis à l'emprise du docteur, ils cesseront d'opprimer les plus défavorisés. Et ils ne s'opposeront pas à notre départ pour l'Eireland. Vous comprenez ce que ça veut dire, les enfants ?

Garth et Ormo échangent un regard perplexe. C'est donc Altaïr qui conclut :

– Que toutes celles et tous ceux qui le souhaitent s'échapperont sous peu de la prison qu'Anglefer constitue pour eux !

Chapitre 15
Un véritable gentleman

Si Booker n'a pas eu de mal à trouver le sommeil après le départ de Correy – on l'entend même ronfler depuis sa couchette installée dans l'atelier! –, ce n'est pas le cas de ses invités. Réunis autour d'une table en compagnie de Rory, dans la petite cuisine de leur hôte, Garth, Ormo et la Céleste sont bien trop excités par la promesse qui leur a été faite pour songer à dormir.

Partir d'Anglefer, à destination de la légendaire Eireland, rien de moins! Mais comment? Hélas, le vieil ingénieur n'a pas été plus précis…

– Je n'ai jamais entendu parler de cet endroit, avoue Altaïr. Aucun de mes précepteurs n'en a mentionné l'existence.

– Booker pense que ta mère vit là-bas, dit Ormo. Il n'est pas le seul à croire qu'il y a un territoire derrière la Muraille, et qu'on peut l'habiter sans problème.

– Ma mère, répète Altaïr, pensive. La fameuse Ladyfox…

Elle s'empare de l'image découverte dans le coffre de son père, qui ne la quitte plus désormais. Elle la scrute une fois encore dans ses moindres détails.

– Je n'ai aucun souvenir avec elle. Comment le pourrais-je ? J'ai toujours cru qu'elle était morte juste après ma naissance.

– Et la bête qu'elle tient dans ses bras ? demande Ormo. Tu ne l'as jamais vue quelque part ?

– Jamais dans la réalité. Mais elle me rend souvent visite en rêve. Je l'ai baptisée Feu-Vif, pour sa couleur et parce qu'elle est vraiment très rapide.

– Je l'ai vue, moi aussi. Pas dans mon sommeil. Ici, dans Enfer d'Anges.

Chapitre 15

– Comment est-ce possible ?

– Je ne sais pas. J'ai d'abord cru à une hallucination. Maintenant, je suis sûr que ça n'en était pas une.

Altaïr acquiesce en silence. Ormo lui est reconnaissant de ne pas douter de sa parole.

– Feu-Vif, répète-t-il comme pour goûter la saveur de ce nom. Une drôle de bestiole, vraiment !

Cela le change des rats grouillant dans les souterrains ou des poissons-serpents pêchés dans la rivière boueuse, qui déroule ses méandres au hasard d'Enfer d'Anges, et dont la chair filandreuse agrémente pâtés et tourtes...

Garth pousse soudain un bâillement, aussitôt imité par son ami et la Céleste.

– Je n'en peux plus, j'ai besoin de repos, mon frère. Je vais trouver un endroit où m'écrouler dans cette bicoque. La bonne nuit, mam'zelle !

Il s'éclipse sans demander son reste. Ormo se retrouve seul avec Altaïr pour la première fois depuis qu'il l'a découverte inanimée dans la ruelle. Les mots, alors, semblent le fuir. Il éprouve même un sentiment proche de la honte de ce qu'il est, en comparaison à la jeune fille aux cheveux d'or. Il a l'impression de porter sur lui toute la crasse accumulée durant les heures passées à nettoyer les bas-fonds.

– Moi aussi, je vais me coucher, finit-il par lâcher avec hésitation. Je te laisse le lit de Booker, à l'étage. J'ai l'habitude de dormir à la dure.

– Merci à toi, Ormo. Tu es un véritable gentleman.

Le compliment lancé avec sincérité lui fait venir le rouge aux joues. On ne l'avait jamais appelé comme ça !

Un alléchant fumet réveille Ormo, tout ankylosé sur le dallage froid de la cuisine.

– Le déjeuner est prêt, indique Booker depuis son fourneau. Debout tout le monde ! appelle-t-il plus fort. Venez vous remplir l'estomac !

Le vieil homme semble joyeux. Ormo comprend pourquoi dès qu'il annonce, à l'apparition de Garth et Altaïr :

Chapitre 15

–Les tuyaux ont craché des nouvelles sans arrêt! L'antifluide commence à produire ses effets. On signale des défaillances chez les ferhoms un peu partout en ville. Plusieurs disparitions aussi. C'est le signe qu'ils s'émancipent à mesure que la mémoire leur revient. Bientôt, ils seront des milliers à vouloir retrouver leur famille…

Il s'interrompt, se gratte la barbe et précise à la Céleste:

–Ce moment viendra pour toi aussi, j'en suis certain.

Altaïr le remercie avant de déclarer:

–J'espère que ça ne causera pas trop de dégâts dans Enfer d'Anges.

Chacun partage cette pensée autour de la table. Mais Ormo se demande en plus si elle a rêvé de Feu-Vif ou de Ladyfox, ou encore de l'Eireland des Anciens. Pas lui, en tout cas. Aucune image ne lui vient à l'esprit. Bon ou mauvais présage?

–Mangez, les encourage Booker en déposant une lourde gamelle sur la table. Surtout, ne vous privez pas!

Les bols fumants débordent bientôt d'une soupe épaisse où flottent quelques morceaux de viande. C'est un luxe inouï pour Ormo comme pour Garth. Ils lapent à pleines cuillerées, produisant de grands « slurps » qui amusent Altaïr, capable, elle, d'avaler en silence et sans lâcher la moindre goutte. Question d'éducation, sans doute !

Rory, lui, observe les agapes avec le regret de ne pouvoir les partager.

– Resservez-vous, les gars, propose Booker en constatant qu'ils raclent le fond de leur bol.

– Ça ne va pas vous manquer ? s'inquiète Ormo, dans un réflexe typique des affamés.

– Les fidèles de notre Lady sauront se procurer de quoi vous sustenter, sa fille et toi, son messager.

Un brin gêné, Ormo accepte. Personne n'a jamais pris autant soin de lui. Jusqu'ici, il mangeait avec ses équipiers de la confrérie, rarement autour d'une table. Le poisson séché tiré du sac était partagé sur le lieu même du décrassage, agrémenté parfois d'un brouet dont mieux valait ignorer l'origine des ingrédients. Un biscuit couvert de mélasse complétait le festin, arrosé d'eau tiédasse. Les conversations se réduisaient à l'essentiel – *Passe-moi ce gobelet. Tu finis pas ta tourte ? Non, y a sûrement du rat d'dans!* –, hormis quelques blagues lancées par Elbert…

Songer au grand garçon disparu éclipse la joie fugace d'Ormo. Un ventre plein ne remplacera jamais la présence d'un frère de cœur, sinon de sang!

– As-tu soif? demande Booker, le ramenant à une réalité plus triviale.

La main du vieil homme effleure l'anse d'un pichet quand un bruit de bois brisé emplit le vestibule voisin de la cuisine. Booker se lève pour jeter un œil discret à travers l'embrasure de la porte et souffle aussitôt, paniqué :

– Les fercops ! Fuyez !

On entend une violente bousculade, puis le bruit de pieds d'acier martelant le plancher.

Altaïr se redresse, terrifiée. Une voix métallique s'élève en même temps qu'apparaît dans la cuisine une imposante silhouette, engoncée dans une vareuse bleutée, et traînant derrière elle un Booker inconscient :

– Vous êtes en état d'arrestation, personne ne bouge. N'opposez aucune résistance, surtout.

– Inspecteur Jekkyde, lâche Altaïr, ne faites pas de mal à mes amis, je vous en supplie !

Mais Ormo n'entend pas obéir. Repoussant sa chaise, il agrippe le plateau de la table à deux mains et la retourne dans un fracas de vaisselle – dommage pour la soupe !

La tête du pauvre Rory roule sur le carrelage, heureusement sans lui faire de mal. Ormo se penche dans un réflexe pour la ramasser et l'enfouit sous ses habits.

– La fenêtre, vite ! s'écrie-t-il.

Altaïr s'extrait alors de sa torpeur. Elle se précipite pour ouvrir les battants vitrés, enjambe le rebord et saute sur le pavé luisant d'humidité. Ormo en fait autant, tandis que Jekkyde écarte la table sans ménagement. Garth se jette sur lui pour le retenir.

– Partez ! crie-t-il à l'adresse de son coéquipier et d'Altaïr.

Ormo n'a pas le temps de s'attarder ni de réfléchir.

– Mets ça, ordonne-t-il en tendant son foulard filtrant à la Céleste. Dépêche-toi… Prends ma main, et surtout, ne la lâche pas !

Chapitre 15

C'est le signal de départ : il faut courir, et vite, à travers les ruelles encombrées.

Dans leur dos, des coups de sifflet résonnent. Jekkyde appelle les siens à la rescousse. Bientôt, tous les policiers mécaniques du secteur se lanceront à leurs trousses, comprend Ormo, paniqué.

Il accélère l'allure, priant pour qu'Altaïr maintienne le rythme imposé, zigzague entre les passants, bouscule les plus lents, tourne au premier croisement, puis encore au suivant, sans savoir où ses pas l'entraînent.

L'espoir renaît au débouché d'une rue plus large, où courent les rails de guidage d'un vapobus à trois étages, alors en train de redémarrer après un arrêt à la station du coin. Ormo se porte à hauteur de la plateforme arrière, hisse Altaïr dans un ultime effort avant de s'y échouer lui-même, hors d'haleine, les poumons en feu. Au moins, durant sa course folle, il n'a pas laissé tomber Rory, toujours à l'abri de ses vêtements !

Au loin, il voit débouler le fercop en bleu, mais le vapobus prend de la vitesse dans le grondement de sa chaudière, crachant un panache de fumée noire et grasse qui ira nourrir le Schmock, insatiable.

Quelques secondes plus tard, Jekkyde disparaît dans les brumes et la cendrée-sombre.

Ils sont tirés d'affaire pour le moment.

– Et… Booker et Garth ? lâche Altaïr à bout de souffle.

Ormo soutient son regard, incapable de répondre, craignant le pire. Il ne peut qu'espérer que son ami ait pu fuir pendant la poursuite et n'ait pas eu à subir le même sort que Booker, capturé par le fercop à la gabardine bleue…

Chapitre 16
Leçons de survie

Ils avancent d'un pas décidé en direction des limites du secteur de Booker. Ormo jette tout autour de lui des coups d'œil attentifs, à la recherche d'une silhouette de fercop. La tête de Rory gonfle son habit à hauteur du ventre, et il se doute que cela attire l'attention !

– Sais-tu où tu nous emmènes, au moins ? l'interroge Altaïr.

Avec le foulard et les lunettes de protection du garçon, elle pourrait passer pour une citoyenne des bas-fonds…

Il faudrait toutefois ignorer la grâce de son allure, la façon qu'elle a de déambuler dans l'espace public avec une assurance naturelle, comme tous les bien nés.

– On va se planquer chez quelqu'un qui n'a rien à voir avec les fidèles, répond Ormo. C'est la seule façon d'éviter que Booker puisse malgré lui mettre les fercops sur notre piste. Parce qu'il ne faut pas s'illusionner. Ce Jekkyde va l'interroger.

– Ça me fait de la peine de l'imaginer entre les mains de cette machine insensible ! J'espère au moins que ton ami Garth a pu s'échapper…

– C'est pas ta faute, ce qu'il arrive, tu sais.

– Si, n'essaie pas de m'épargner. J'ai déboulé dans l'existence de Booker sans qu'il ait rien demandé. Il m'a recueillie et soignée avec générosité…

– Tu ne pouvais pas deviner la suite.

– J'aurais dû ! Avec ce maudit inspecteur d'acier lancé à mes trousses… Je suis impardonnable !

Ormo ne réagit pas. En matière de culpabilité, lui aussi est servi, avec la fin tragique d'Elbert ! Il finit quand même par ajouter :

– Booker espérait ta venue. Il attendait qu'une étincelle mette le feu aux poudres. Et il était prêt à en courir le risque…

Cela fait réfléchir Altaïr. La foi des fidèles de Ladyfox – sa propre mère ! – lui paraît encore plus admirable. Mais ça ne l'empêche pas d'éprouver un sentiment de culpabilité à leur égard.

Rencognés dans le silence, ils empruntent plusieurs trottoirs roulants. Altaïr observe les alentours en même temps. Une chose, surtout, la surprend : les citoyens, présents en nombre, s'apostrophent souvent à grand renfort de bourrades amicales ou de claques dans le dos.

Une telle familiarité serait malvenue dans les sommets d'Anglefer, et même réprimandée ! Là-haut, toute manifestation de joie spontanée semble prohibée. S'agit-il d'une règle édictée par son père ou des effets pervers d'une attitude trop guindée ?

Difficile de trancher… On ne peut pas dire, pourtant, que le décor des Bas Quartiers incite à la gaieté !

La brique des bâtiments, renforcée par des structures d'acier, dégouline d'un mélange de suie humide, collante, à laquelle s'accrochent les cendres tombées du Schmock.

Ne jamais apercevoir le ciel ou encore le soleil, ne jamais sentir le vent frais caresser ses joues ni humer la brise chargée de parfums salés… Tout cela aurait de quoi rendre folle Altaïr. Elle n'en admire que davantage la pugnacité d'Ormo, son acharnement à vivre et à se montrer combatif malgré tout…

– On sort du trottoir roulant au prochain arrêt, la tire-t-il de ses pensées. Reste près de moi, surtout. Le coin grouille de détrousseurs.

– De quoi ? s'étonne la Céleste.

– De voleurs qui te videront les poches sans que tu remarques rien. Surtout des gamins, qui n'ont pas plus de cinq ou six moites-saisons et qui ont été formés pour la fauche. Ici, la moindre babiole a de la valeur. Tout le monde a faim et besoin de se payer un abri…

Ils prennent pied sur le pavé mouillé. Aussitôt, une nuée de bambins en haillons virevoltent autour d'eux, surgis de tous les côtés. Ils ont repéré qu'Ormo dissimule quelque chose sous ses guenilles. Le garçon les chasse d'un geste agacé. Nullement effrayés, ils reculent en ricanant et lui lancent toutes sortes d'injures très imagées, qui font rougir Altaïr sous le tissu du foulard.

– Ils ne m'ont pas l'air dangereux, fait-elle remarquer. Ce sont des orphelins ?

– La plupart… Certains ont été vendus par leurs parents à un fourgue… Le gars qui les entraîne et récupère les trucs volés. En grandissant, les plus chanceux entreront dans une confrérie qui prendra mieux soin d'eux. Normalement, en tout cas… Les autres, bah… ils vivront pas bien vieux !

Altaïr perçoit l'émotion dans la voix de son compagnon.

– Tu es passé par là, comprend-elle. Tu as été un détrousseur, toi aussi.

Ormo ne dément pas.

– M'en suis sorti, tu vois. Pas que je sois arrivé à mieux, mais bon… J'ai plus eu besoin de voler, jusque-là.

Il s'efforce de rire, puis reprend son sérieux une fois devant l'enseigne d'un établissement dénommé *La Chopine & la Pinte.*

L'endroit a sûrement peu en commun avec le Palais des gourmets, suppose Altaïr, *sinon qu'ici aussi on peut boire et manger, mais vraisemblablement pas du nuage glacé !*

– Quoi qu'il arrive là-dedans, tu me laisses faire la causette, conseille Ormo. S'ils t'entendent, ils sauront vite que tu es tombée du ciel. Et ceux qui se rincent le gosier ici ne sont pas aussi gentils que les fidèles de ta mère !

Ol'Barney n'a presque plus de dents, mais ça ne l'empêche pas d'afficher un grand sourire en voyant Ormo entrer dans l'établissement, fendre la foule amassée au bar avec une jolie demoiselle à son bras, et s'installer à sa table, isolée dans un coin.

– J'ai appris pour l'accident, l'accueille-t-il de sa voix éraillée par le mauvais alcool. Ça me fend le cœur, vraiment. C'est la faute à pas d'chance. Mais paraît que tu as rebondi…

Chapitre 16

Le décrasseur promène son œil valide sur Altaïr sans vergogne, d'autant qu'elle a rabaissé son foulard, comme les autres clients, puisque l'air est filtré à l'intérieur de la taverne. L'autre œil, caché sous un bandeau noir, manque à l'appel depuis une lointaine bagarre. Ce qui n'empêche pas le vieux bonhomme de remarquer qu'Ormo transporte quelque chose qu'il tient à cacher.

– Pas grâce à la confrérie, répond le garçon. Elle m'a fichu à la porte.

– Personne ne peut la blâmer. Qui voudrait gratter la saleté avec un poissard ?

– Pas plus qu'avec un éborgné…

Le rire d'Ol'Barney secoue sa panse sous le gilet élimé.

– Toi et moi, dit-il une fois calmé, on s'est bien fait posséder ! Ça nous apprendra à croire à ces menteries de fraternité. Mais tu n'es pas là pour te lamenter avec un vieux birbe dans mon genre.

– Non. J'ai besoin de me cacher un moment. Tu es le seul à pouvoir m'aider.

C'est l'instant de vérité, songe Ormo, jouant franc jeu – ou presque.

Ol'Barney prend le temps d'avaler une gorgée de sa pinte ornée de mousse onctueuse, tout en promenant son bon œil sur la bosse qui déforme le ventre d'Ormo. Puis il s'essuie les lèvres d'un revers de manche avant d'exiger :

– Montre-moi ce qu'il y a là-dessous et j'y réfléchirai.

Ormo interroge Altaïr du regard. Elle lui renvoie un signe pour confirmer qu'elle est d'accord. Alors, il soulève un bout de tissu crasseux pour dévoiler Rory. La surprise écarquille l'œil visible d'Ol'Barney.

– C'est toi qui as fait sauter la tête à ce ferreux ? Je te croyais pas si audacieux ou stupide ! Ce genre de délit peut te valoir la sanction maximale. On ne t'a pas assez répété que la propriété de ce cher docteur Watts est sacrée !

Il lâche un ricanement de mépris. Ormo ne dément rien. La méprise d'Ol'Barney peut jouer en sa faveur. Et, effectivement, c'est ce qu'il se produit :

– Ceux que tu fuis sont en acier, alors, pas vrai ? Je prendrais de gros risques à te soustraire à la loi du docteur… Mais il ne sera pas dit dans Enfer d'Anges que j'aurai abandonné un des miens!

Ol'Barney plonge sa main dans une poche de gilet et en retire une clé.

– Tu sauras retrouver le chemin du grenier au-dessus de ma tanière? demande-t-il avec un clin d'œil amusé.

– J'ai pas oublié, dit Ormo. Merci…

Il s'apprête à rafler la clé, mais Ol'Barney referme son poing.

– Pas si vite. Tu ne m'as toujours pas présenté ton amie. Où sont passées tes bonnes manières?

– Ce gars en a jamais eu, pour sûr! rétorque alors Altaïr en imitant l'accent de celles et ceux qu'elle a jusqu'à présent croisés. J'm'appelle Mary, vieux birbe! T'es satisfait, comme ça?

Après un temps d'hésitation, Ol'Barney éclate d'un rire tonitruant, projetant à la ronde des éclats de mousse blanchâtre.

– Tu t'es trouvé une drôlesse dotée d'un sacré caractère, dit-il en déposant finalement la clé dans la paume d'Ormo. Prends bien garde qu'elle ne te dévore pas tout cru, fiston!

Une fois sortis du bar, Ormo entraîne Altaïr vers la maison d'Ol'Barney, à peine quelques ruelles plus loin. Juste au-dessus, sous les toits, se trouve une pièce où ils pourront trouver refuge. Ils y pénètrent rapidement et peuvent enfin souffler, loin de tout regard indiscret.

Le grenier sent le renfermé, la poussière et l'humidité. La lumière grise du jour peine à s'infiltrer à travers les lucarnes et à repousser l'obscurité dans la pièce. Ormo n'y a plus mis les pieds depuis une éternité. Apparemment, Ol'Barney non plus. Mais ce dernier a conservé la clé de ce qui fut le refuge des morveux, comme il appelait ses protégés. Peut-être par nostalgie ? Recueillis sous le toit et placés sous l'autorité d'Ol'Barney, Elbert, Garth, Ormo et tant d'autres ont grandi ici, apprenant à jouer les détrousseurs avant de rejoindre, autour de cinq moites-saisons, la confrérie des décrasseurs.

Sitôt la porte verrouillée derrière eux et Rory déposé sur le plancher, Altaïr demande à Ormo :

– Tu as confiance en ce personnage un peu louche ?

– Il m'a offert un abri quand je n'avais rien et il m'a appris le métier, pour que je puisse entrer dans la confrérie. Ça compte.

– Tu ne réponds pas franchement…

– Parce que j'en sais rien ! Ol'Barney ne travaille plus pour les décrasseurs, mais tu as vu comme moi qu'il se porte plutôt bien. Ça veut dire qu'il a d'autres revenus. Peut-être qu'il joue les mouches pour les fercops…

– Les mouches ?

– Les indicateurs, si tu préfères. Les fercops ont deux façons de récolter des infos. Capter les messages du réseau à air comprimé, en se connectant aux tuyaux. Ou alors, compter sur les bavards… Mais je crois que ton numéro a convaincu l'éborgné. Il t'a prise pour une vraie citoyenne du quartier.

– « Une drôlesse dotée d'un sacré caractère ! » imite-t-elle Ol'Barney.

Ormo se détend et rit pour la première fois depuis longtemps.

– Tout à fait ton portrait, convient-il.

Altaïr l'accepte comme un compliment de la part de celui qui la guide dans ce nouvel univers, terne mais pas sans joie. Ici, les couleurs ne viennent pas du ciel, mais rayonnent dans certains cœurs et beaucoup d'esprits !

– On va rester un jour ou deux ici, continue Ormo en examinant les lieux. Jusqu'à ce que les rues soient un peu plus sûres.

Il repère une paillasse moisie, l'époussette au mieux et la déplie devant la jeune fille.

– Pas très luxueux, s'excuse-t-il. Mais mieux que le plancher ! On dormira chacun son tour. J'irai chercher de quoi manger plus tard.

– Comment vas-tu payer ?

– J'ai pas perdu mes vieux réflexes, précise-t-il en remuant les doigts. Détrousseur un jour…

Il sourit, n'en dit pas plus.

– Et pour boire ? demande Altaïr.

– Rien de plus facile !

Ormo se dirige vers la plus proche lucarne, force le cadre rouillé pour l'ouvrir, avise une gouttière le long du toit d'ardoise, où stagne un fond d'eau de pluie.

– Mon foulard servira de filtre, explique-t-il. Ce sera pas bon, mais suffisant pour nous garder en vie…

Altaïr admire sa débrouillardise. Le destin n'aurait pas pu lui fournir plus précieux compagnon !

Elle s'installe aussi confortablement que possible sur le substitut de lit, s'efforçant d'en ignorer les taches de diverses origines. Malgré le pauvre décor, les conditions difficiles, elle ne regrette ni sa chambre ni le palais aérien de son père. Là-haut, tout n'était que faux-semblants, sans même parler de tous les mensonges au sujet de sa mère…

– Tu fais une drôle de tête, d'un coup ! s'étonne Ormo. Un coup de cafard ?

– Je pense à ma mère. Tu crois qu'elle est toujours en vie ?

Le garçon hausse les épaules.

– Booker le croit.

– Si c'est le cas, que lui est-il arrivé ? S'est-elle enfuie en m'abandonnant ? Ou mon père la retient-il prisonnière quelque part ? Je le vois maintenant comme quelqu'un de tellement différent de l'homme qui m'a élevée. Ici, vous le détestez tous…

– On pense pas à lui tout le temps, mais tu trouveras personne pour en dire du bien, c'est sûr !

– Ce n'est pas un monstre, non plus… Il agit dans l'intérêt d'Anglefer…

– Pas d'Enfer d'Anges, la coupe Ormo. Le doc se fiche pas mal de nous. Pourtant, on trime pour que là-haut vous manquiez de rien. Sans les fercops, crois-moi, ça se passerait autrement !

Altaïr tressaille face à cet emportement.

– Une fois qu'ils seront libérés de l'emprise du fluide, si jamais ça arrive, ils ne retrouveront pas seulement leur ancienne personnalité. Ils chercheront aussi à se venger.

– C'est ce que tu penses ? Que tu espères, même ?

L'embarras colore les joues d'Ormo. Mais il refuse de mentir à la Céleste. Avec un coup d'œil en biais sur Rory, qui assiste muet à l'échange, il précise ce qu'il a sur le cœur :

– Quand on vit écrasé sous un talon de fer, on rêve de tout renverser. Et comme les fercops ont deux fois plus de raisons que nous d'en vouloir à ton père et aux Célestes, je te laisse imaginer ce qu'ils pourraient faire !

Chapitre 17
La révolte des hommes-machines

Altaïr court à toute allure dans les hautes herbes au milieu de la prairie. Elle traverse des fougères, évite les racines de gigantesques arbres, dévale le flanc de vertes collines, enjambe des ruisseaux où coule une eau cristalline…

Pourtant, elle est certaine de n'avoir jamais vu de sa vie à quoi tout cela ressemblait !

« *Inutile*, souffle Feu-Vif dans son esprit, *puisque je suis là ! Je connais ces paysages. Et je vais te les faire parcourir… Suis-moi !* »

C'est reparti pour une folle cavalcade dans cet environnement des plus sauvages, Altaïr lancée à la poursuite de l'agile créature...

– Réveille-toi, s'il te plaît, commande une voix qu'elle ne tarde pas à reconnaître. Il se passe quelque chose de pas clair.

Altaïr ouvre les yeux sur Ormo, tout embrouillé de ténèbres. Il fait encore nuit dehors et, dans le grenier d'Ol'Barney, seule luit la flammèche d'une chandelle volée par le garçon, la veille. Cela lui suffit pour distinguer son air inquiet.

– J'ai entendu du bruit dans l'escalier, dit-il tout bas. Je crois qu'on vient...

Ormo éteint la chandelle d'un geste et entraîne Altaïr à l'opposé de la pièce, jusqu'à la lucarne du fond. Il est heureux que les lames du vieux plancher ne craquent pas sous leur poids. La seconde suivante, la porte vole en éclats. Un fercop s'engouffre dans la pièce, ses pupilles réduites à deux billes rouge sang. Un second le suit de près, matraque au poing, bloquant l'unique issue. Le premier s'avance à pas pesants dans le grenier, cherchant ses proies, repérant vite la tête de Rory posée en évidence sur le plancher, près du matelas abandonné.

L'obscurité ralentira le policier mécanique, espère Ormo. Malgré la peur qui lui broie les entrailles, il ne peut s'empêcher de se demander pourquoi Ol'Barney les a trahis. Lui seul savait où les trouver. A-t-il vendu le renseignement volontairement, ou bien cédé à la menace ?

– Vous êtes en état d'arrestation ! clame le fercop dans leur dos. Rendez-vous, et il ne sera pas fait usage de la force.

Cause toujours, songe Ormo en ouvrant la petite fenêtre, qui se met à grincer. Aussitôt attiré, le fercop se précipite vers lui de sa démarche cadencée.

– Vas-y, fissa ! lance le garçon. Je te suis…

Altaïr se faufile par l'étroite ouverture et atterrit sur les plaques de zinc humides du toit.

– Et Rory ? s'inquiète-t-elle.

– Trop tard pour lui. Mais il risque rien, c'est nous qu'ils veulent. Fais gaffe à pas riper, surtout !

Ormo se rétablit à ses côtés. Elle prend sa main dans la sienne pour assurer son équilibre. Il peut sentir battre son pouls à un rythme accéléré. Aucun des deux n'a eu le temps d'enfiler le foulard. Et comme il fait nuit noire, impossible de voir où poser les pieds…

Pourtant, ils n'ont pas le choix. S'ils ne bougent pas, les fercops finiront par les attraper, quitte à devoir défoncer la charpente du grenier !

Alors, sans même se concerter, ils entreprennent l'ascension de la pente aiguë, rendue glissante par une couche de cendrée-sombre…

Ils sont soudain capturés par un faisceau de lumière aveuglante ! La surprise les fait vaciller, mais Ormo a le bon réflexe et s'agrippe d'un bras à un tuyau de cheminée, serrant la main d'Altaïr aussi fort qu'il le peut pour ne pas la lâcher.

Un boucan infernal couvre le son de leur respiration hachée. On dirait le battement de mille tambours déchaînés. La source de ce vacarme apparaît peu à peu, émergeant des cieux et du Schmock. C'est ce même engin volant qui émet le puissant faisceau lumineux. Il finit par s'immobiliser au niveau des jeunes gens, assez près pour se révéler entièrement.

Ormo n'a jamais rien vu de tel : une coque fuselée couverte de rivets, terminée par deux pointes effilées, au milieu de laquelle, là où elle s'élargit, sont installés des sièges et tout un tas de leviers. Sur chacun des flancs de l'étrange appareil, deux longues paires d'ailes s'agitent follement : une à l'avant, une à l'arrière, produisant l'incessant bourdonnement.

Altaïr reconnaît l'inspecteur Jekkyde, manettes de commande en main. Celui-ci oriente un phare puissant sur ses cibles. Sa voix s'élève, amplifiée par une machine et enrobée d'un grésillement qui ne la rend que plus effrayante :

– Montez à bord de l'aérocoptère, tous les deux. Mais sans gestes précipités. Vous n'avez plus votre harnais de vol, mademoiselle Watts. Et il n'y a pas de filets pour vous récupérer, cette fois. La chute serait mortelle.

Pris au piège, Ormo et Altaïr n'ont plus la possibilité de fuir, d'autant que les deux autres fercops crèvent la toiture de zinc à coups de poing pour leur couper toute retraite !

Jekkyde s'approche d'aussi près qu'il le peut. La jeune fille effectue un bond et atterrit gracieusement sur le sol du véhicule, imitée par le garçon, un peu moins assuré. En se réceptionnant, Ormo découvre Ol'Barney couché aux pieds de l'inspecteur, menottes aux poignets, visage en sang.

– Navré, fiston… râle l'éborgné. Ce salaud m'a menacé de prendre mon bon œil si je ne parlais pas… Tu comprendras que j'y tiens !

Il essaie de rire, en vain. La douleur lui tord les lèvres. Ormo serre les poings de rage. Altaïr l'arrête avant qu'il ne commette un geste qu'il regretterait :

– Si tu l'agresses, tu sais ce qu'il arrivera… Je ne veux surtout pas te perdre !

L'aveu bouleverse le garçon et arrache au fercop ce commentaire :

– C'est tout à votre honneur, mademoiselle. Mais le docteur Watts souhaite uniquement récupérer sa fille. Les complices de votre fugue purgeront leur condamnation ici-bas. Faites donc vos adieux à cet individu. Vous ne le reverrez jamais plus.

Chapitre 17

–Non ! ordonne Altaïr, hors d'elle. Il n'a commis aucun délit, il m'est juste venu en aide… Sans lui ou ses amis, je n'aurais pas survécu, et vous n'auriez jamais pu remplir votre sale mission !

–J'ai reçu des ordres précis. Je dois les exécuter… Je le dois, oui…

Il y a comme un soupçon d'hésitation dans la voix de l'inspecteur. Il paraît émettre un doute sur ses intentions, mais se reprend très vite :

–Tous à bord, commande-t-il aux deux fercops à présent debout sur le rebord du toit, en attente d'instructions. Nous déposerons le vieil homme et le gamin en prison, et je regagnerai ma juridiction…

Il lève son masque d'acier vers le ventre plombé du Schmock, comme pour sonder l'épais nuage de pollution et ce qu'il cache à ceux d'en bas. De nouveau, sa résolution semble incertaine.

–Inspecteur ? l'interroge alors un des autres hommes-machines, à présent dans l'appareil.

Lui-même montre quelques signes de trouble. L'un de ses bras tremble, et il agite ses doigts de curieuse manière. Son collègue ne dit rien, planté, immobile, devant Ormo. Il l'observe avec une telle intensité que le garçon redoute le pire.

– Tout va bien, réplique Jekkyde avec un brin d'irritation.

C'est la première fois qu'Altaïr surprend un ferhom manifester ce genre d'émotion. Elle n'a pas l'occasion de s'en étonner, car, sans prévenir, le fercop silencieux se détourne d'Ormo pour bousculer l'inspecteur d'un violent coup d'épaule qui l'expédie par-dessus bord !

Le fercop à la vareuse bleue heurte le toit, rebondit une fois, essaie de trouver une prise sur le zinc, n'y parvient pas, dévale la pente et plonge enfin dans les ténèbres…

Sans réfléchir, Altaïr se rue sur les manettes de l'aérocoptère avant que l'engin, livré à lui-même, n'effectue des acrobaties fatales à ses passagers. Si elle n'a jamais piloté, elle possède au moins l'expérience du vol en harnais…

Ce qui n'est pas du tout la même chose, constate-t-elle aussitôt que tout tangue autour d'elle.

Chapitre 17

–Accrochez-vous à ce que vous pouvez ! s'écrie-t-elle.

Ormo se plaque au sol, contre Ol'Barney. Les deux fercops sont trop lents. Celui qui a poussé l'inspecteur parvient à saisir le dossier d'un siège, mais l'autre bascule et connaît le même sort que Jekkyde.

La Céleste s'adapte peu à peu aux vibrations émises par la structure de la coque, propagées par les leviers de contrôle jusque dans ses propres membres. Petit à petit, elle semble dompter le véhicule. C'est comme si elle comprenait le langage de l'aérocoptère. Elle parvient finalement à le stabiliser en vol stationnaire.

Maintenant qu'ils sont hors de danger, Ormo estime qu'il peut s'interroger et laisser éclater sa colère :

–Il vient de se passer quoi, mercaille ?!

La question ne s'adresse à personne en particulier. Mais le dernier des fercops y répond :

–Je suis pas très sûr… J'ai l'impression de me réveiller d'un affreux cauchemar… Et je te vois, toi, juste là, en mauvaise posture… Crénom, tu me reconnais donc pas ? C'est moi, frérot !

Ormo est trop abasourdi pour réagir immédiatement. *Elbert ? Par quel miracle…*

Puis il comprend. Comme Zoltan redevenu Rory avant lui, son ami a reçu l'antidote élaboré par Booker !

– Tu as bu du fluide récemment ? lui demande-t-il, tout à sa joie, hésitant à se jeter dans les bras de cette grande carcasse de fer.

– On a avalé une dose avant de venir vous arrêter, confirme Elbert. Tu penses que ça a un lien ?

Ormo acquiesce. Puis, pour Altaïr :

– Le plan de Booker fonctionne ! Les fercops retrouvent leur ancienne personnalité ! Même Jekkyde a eu l'air de ressentir quelque chose avant de sombrer… Ç'a été plus efficace pour Elbert, sûrement parce qu'il a été mis en service tout récemment…

– Formidable, tranche la Céleste, toujours cramponnée aux manettes et concentrée sur le pilotage. Mais ça ne me dit pas quoi faire à présent. On est dans une sacrée panade, si tu me permets cette familiarité !

Ormo la trouve fascinante quand il l'entend s'exprimer ainsi, avec son accent de la haute société. Il garde ses sentiments pour lui, conscient que le danger peut ressurgir à tout moment. Mais si la révolte des hommes-machines a bel et bien commencé, alors tous les espoirs sont permis, y compris les plus insensés.

– Fonce tout droit, propose-t-il. Cet engin nous offre une chance d'atteindre la Muraille…

– Et après ? Quelle idée !

Elle semble réfléchir. Alors, Ormo se lance :

– Si Booker a pas raconté de menteries, il y a des chances que ta mère soit de l'autre côté, pas vrai ? C'est le moment ou jamais de vérifier ce qu'il s'y trouve, tu crois pas ?

Chapitre 18
Au pied du mur...

Les performances de l'aérocoptère s'avèrent époustouflantes !

C'est en tout cas l'avis d'Ormo comme d'Elbert, et même d'Ol'Barney, tandis que l'engin file à une allure démente par-dessus les toits d'Enfer d'Anges, zigzaguant entre les cheminées géantes des innombrables fabriques et les piliers du ciel, qui percent le Schmock...

– Moins vite, tu vas nous tuer, fillette ! s'alarme le vieux décrasseur éborgné.

– Aucun danger, réplique Altaïr, maniant désormais les leviers avec dextérité. Ce joujou est d'une parfaite docilité !

On dirait qu'elle s'amuse à conduire cette machine défiant les lois de la gravité, constate Ormo. Lui n'est pas du tout à son aise, mais n'en demeure pas moins admiratif. Une moue de contrariété finit toutefois par déformer les traits de la Céleste.

– La réserve d'énergie des piles magnétiques baisse à vue d'œil, annonce-t-elle en désignant un cadran dans lequel une mince flèche de cuivre s'approche du zéro. Je serai bientôt obligée de nous poser si on veut éviter de s'écraser.

– Je préférerais, en effet, maugrée Ol'Barney. J'ai déjà encaissé assez de coups…

– Approche-nous au plus près de la Muraille, dit Ormo. La voilà, tout là-bas !

Il tend l'index vers la barre noire qui clôture l'horizon, depuis les fondations d'Enfer d'Anges jusqu'à la couche de Schmock. Comme si le monde s'arrêtait tout net à cet endroit. Découvrir la limite de son univers est tout de même un choc pour le garçon !

Chapitre 18

Immense, étirée démesurément dans toutes les directions, la Muraille jette son ombre sur les bâtiments amassés à son pied. Le réseau de rails sur lequel elle repose dessine, vu d'en haut, une infinité de branches d'étoiles. Chacun de ses milliers de tronçons pèse au moins le poids d'une maison. Pour mouvoir chacun d'eux, il faut les efforts conjoints d'une centaine de ferhoms, assistés par une machine-pousseuse à vapeur – un monstre tout en bielles et pistons, fumant et grondant sans répit.

D'ordinaire, c'est ainsi que la cité-monde s'agrandit, pouce après pouce, avec lenteur et régularité, vers l'extérieur du vieux pays, sans que rien puisse l'arrêter. Une armée de ferhoms s'active jour et nuit pour combler les interstices entre les segments de Muraille repoussés toujours plus en avant, rivetant l'acier. Mais pas aujourd'hui…

– Mercaille, qu'est-ce qu'il leur prend ? jure Elbert à la vue du drôle de manège des hommes mécaniques.

Ils ont jeté leurs outils, abandonné leurs postes, et s'assemblent par grappes désordonnées entre les rails.

Certains ont même commencé à démonter les tronçons de Muraille. Les ouvriers de chair se contentent de les observer, ne sachant quoi faire. Quelques-uns se décident finalement à les aider. Ensemble, outils en main, ils abattent de grands pans de l'enceinte qui protège Anglefer. Et aucun fercop n'intervient pour les arrêter !

L'irruption de l'aérocoptère ne les interrompt pas. Altaïr parvient à poser l'appareil sur une voie du chemin de fer sans trop de heurts, soulevant un nuage de poussière de ballast.

– Nous n'irons pas plus loin avec cet engin, hélas, souligne-t-elle.

– Au moins, on a regagné le sol sains et saufs ! se réjouit Ormo.

Puis, désignant une brèche ouverte dans la Muraille près d'eux, il ajoute :

– Voilà la sortie… C'est le moment ou jamais !

Ici, les brumes sont encore fortes ; la fissure ne permet pas de deviner ce qu'il se trouve au-delà.

Altaïr acquiesce d'un hochement de tête.

–Mais vous ne savez pas ce qu'il y a de l'autre côté, fait remarquer Elbert.

–Rien de bon pour un vieux birbe comme moi, crache Ol'Barney. Je préfère en rester là et me carapater !

–Attends avant de t'en aller, l'arrête Ormo. La tête du fercop que je t'ai montrée est toujours dans ton grenier. Il s'appelle Rory et c'est un gars de chez nous, au départ. C'est trop compliqué à t'expliquer, mais tu tarderas pas à comprendre comment c'est possible, crois-moi ! Je veux que tu le récupères et que tu l'amènes à un vieux gars nommé Booker, qui habite dans notre secteur. Il saura quoi en faire. Tu nous dois bien ça, alors, pas question de refuser !

Cet accès d'autorité impressionne et amuse Ol'Barney à la fois.

–D'accord, promet-il. Je m'en occuperai. Maintenant, adieu et bonne chance, quoi que vous trouviez au-delà de la Muraille !

Il ne tarde pas à s'éclipser dans la confusion qui règne autour des machines-pousseuses, désormais immobiles. Ormo se tourne alors vers Elbert.

– J'ai aussi quelque chose à te demander, frérot.

– Parle, je t'écoute !

– C'est au sujet de Garth. Je ne sais pas ce qu'il est devenu quand on a dû s'enfuir. Il faudrait que quelqu'un le retrouve et veille sur lui…

– Comme on l'a toujours fait, quoi ! Rassure-toi, je vais lui mettre la main dessus. Et personne ne l'embêtera plus, tu peux me croire !

Il rit en montrant ses gros poings de fer, comme si tout ce qu'il lui était arrivé n'était qu'une bien bonne blague. Le cœur d'Ormo se serre à l'idée qu'ils ne se reverront peut-être pas de sitôt.

– Tire pas cette tronche, frérot ! le raille Elbert. Je veux surtout pas manquer la fête non plus ! Va y avoir du changement dans Anglefer, à ce que j'ai cru piger. Je m'en voudrais de rater ça !

Ormo hésite à l'étreindre. Il lui assène à la place un coup retentissant sur la poitrine.

– Fais attention à toi, frérot…

– Hé, qu'est-ce qu'il peut m'arriver ? Je suis déjà mort une fois !

Le rire de son ami résonne tandis qu'il s'en va d'un bon pas cadencé.

Ormo écrase une larme en le voyant disparaître. Puis il songe aux fidèles de Ladyfox, qui doivent déjà se réunir dans chaque secteur des Bas Quartiers, ou s'être mis en marche en direction de la Muraille, et sa tristesse s'atténue un peu. Peut-être que ses deux plus vieux amis se joindront à eux quand ils déferleront de toutes parts, bien déterminés à gagner l'Eireland… ou à renverser les sphères célestes, qui sait ?

Ne vaudrait-il pas mieux les attendre avant de s'aventurer à l'extérieur de la cité-monde ?

Aussitôt, Ormo se reproche son attitude timorée. Lui aussi pense comme un éternel prisonnier, effrayé par l'idée même de sa liberté. Il sent pourtant que son rôle est de suivre la créature au pelage roux et d'aider Altaïr à rejoindre sa mère, comme Booker le lui a indiqué.

Après tout, n'a-t-il pas été choisi par le messager ?

– Viens, dit-il à Altaïr en attrapant sa main. Je suis curieux de voir à quoi ressemble l'autre côté !

Il l'entraîne avec résolution dans la trouée envahie d'ombre qui sépare les gigantesques blocs d'acier montés sur rails.

C'est comme pénétrer dans un boyau à décrasser où il n'aurait jamais mis les pieds. Peu à peu, la rumeur élevée dans leur dos décroît. Un courant d'air froid s'immisce dans le goulet étroit. Devant eux, se découpe une mince bande verticale de jour gris et blafard.

Quelques minutes plus tard, ils débouchent dans un monde où rien ne semble vivant. Un désert de rocailles s'étend à perte de vue, étalé sous un ciel alourdi de nuages sombres. Aucune trace de couleur, pas plus qu'à Enfer d'Anges…

Ormo accuse le coup, pris de vertige sous une telle immensité. Et s'ils s'étaient trompés ? Et si tout n'avait été que purs racontars ou le seul fruit de l'imagination des opprimés ? Et si l'Eireland n'était bel et bien qu'une légende ?

– Avançons, propose Altaïr sur un ton qui témoigne de son désappointement. Il y a forcément quelque chose plus loin !

Chapitre 18

Ormo en doute, maintenant. Mais il ne lui lâche pas la main pour autant. Il resserre même son étreinte, puis se met en mouvement, attentif à l'endroit où se posent ses semelles, car le sol est accidenté. C'est comme si l'on avait pris soin de tout racler alentour, pour ne plus laisser que le roc à nu, telle la peau crevassée d'un géant endormi qui ne serait pas près de se réveiller…

Un battement d'ailes agitées arrache le garçon à ses pensées. Altaïr l'a perçu, elle aussi. Ils lèvent le nez vers le ventre plombé des nuées et en voient surgir un aérocoptère semblable à celui qu'ils viennent d'abandonner.

L'engin grossit à vue d'œil. Bientôt, il tourne au-dessus d'eux, révélant la silhouette du pilote, voûtée sur les commandes de l'appareil.

– C'est mon père ! s'écrie Altaïr.

Ormo n'aurait jamais cru que l'éminent personnage serait descendu des cieux pour les traquer lui-même. Son irruption signe la fin de leur fugue. Aucun espoir, en effet, d'échapper à l'appareil – nulle part où se cacher, non plus.

Sitôt posé, à moins de vingt pas des jeunes gens, le docteur Watts bondit à terre et fond sur eux de sa démarche sautillante, si comique en d'autres circonstances.

– Altaïr ! J'ai eu si peur pour toi !

À peine adresse-t-il un coup d'œil à Ormo.

– Comment m'as-tu retrouvée si vite ? demande la Céleste.

– Chaque aérocoptère est équipé d'un dispositif qui permet d'en suivre la trace. Ces engins sont beaucoup trop rares et précieux pour que l'on puisse se permettre d'en perdre un seul. Lorsque le contact s'est rompu avec l'inspecteur Jekkyde, j'ai activé la balise de sa machine, et me voilà…

Il accorde enfin de l'attention à celui qui tient toujours sa fille par la main.

– C'est toi qui l'as entraînée dans cette histoire ?

– Ormo m'a sauvé la vie, corrige Altaïr. Et j'ai agi de mon plein gré. Depuis mon treizième anniversaire, je prends mes propres décisions, ne t'en déplaise.

– Mais tu ne connais rien de la réalité ! Pourquoi crois-tu que la Muraille se dresse autour d'Anglefer ? Regarde donc autour de toi ! L'acier protège les citoyens !

– En les enfermant dans une gigantesque prison malodorante, où ils se meurent à petit feu. Sans parler de l'horrible façon dont nous avons constamment vécu sur le dos de ceux d'en bas ! De quel droit les prives-tu de leur liberté ? D'une vie décente ?

– J'ai toujours agi pour le bien de notre communauté !

– Le pire, c'est que tu le crois sincèrement, papa… Mais quand es-tu descendu pour la dernière fois parmi ceux que tu prétends aider ? À force d'élever toujours plus haut nos palais célestes, pour fuir le Schmock, nous les avons oubliés… Ou pire, nous les avons laissés volontairement mourir !

– Maintenant, c'est terminé, appuie Ormo. Les gueux arrivent par centaines, peut-être par milliers, et personne ne pourra plus les arrêter !

Cela sonne autant comme une prédiction qu'un défi. Ormo et Altaïr se montrent dignes du messager de Ladyfox – un rôle que le garçon se plaît finalement à jouer.

Il s'attend à ce que le docteur proteste, s'indigne ou le remette à sa place, usant de son autorité. Mais rien de tel ne se produit. Le père d'Altaïr semble au contraire se flétrir, vidé de toute son énergie.

– Ma chérie, balbutie-t-il, je t'en prie, reste avec moi…

C'est la première fois qu'Altaïr l'entend supplier de la sorte. Et qu'elle le voit comme un petit homme désemparé… Loin des cieux et de leurs habitants dévoués au culte de sa personnalité, il n'est plus que l'ombre de lui-même.

– Désolée, papa, aucun de tes sbires ne peut plus m'y obliger. Je ne te déteste pas, mais après ce que j'ai découvert dans ton laboratoire… comment as-tu pu infliger un traitement si indigne à autant de malheureux ?

Le docteur sourit d'un air plus qu'attristé.

– Ce sont presque les mots que ta mère a utilisés quand elle a compris de quelle façon j'utilisais son remède contre le Grand Mal. Ensuite, comme toi, elle a voulu y mettre un terme, me quitter. J'ai tenté de la retenir, vainement. Cécilia était trop déterminée, trop attachée à des principes que je ne comprenais pas. Mais je l'ai empêchée de t'emmener. Cela lui a certainement déchiré le cœur.

–J'ai toujours cru qu'elle m'avait abandonnée…

Watts secoue la tête avec lenteur –peut-être pour exprimer ses regrets ?

–Elle ne l'aurait jamais pu si je ne l'y avais pas poussée. Avant de partir, elle t'a fait un dernier cadeau, pour que tu ne l'oublies pas. Chaque soir, avant de t'endormir, c'est sa voix que tu écoutais, sur les rouleaux de cire qu'elle avait gravés exprès pour toi. Elle te racontait toutes sortes d'histoires de son pays natal. Ta préférée était *La Femme au renard*, *alias* Ladyfox, une vieille légende de l'Eireland…

–Alors, cet endroit existe pour de bon ! s'exclame Ormo.

Le père d'Altaïr se frotte la barbiche avant d'acquiescer.

–Ce désert de pierre est tout ce qu'il reste du vieux royaume d'Anglefer, à l'exception d'une petite île pas très éloignée de sa côte occidentale. Là-bas, une communauté d'hommes et de femmes est restée proche de la nature sauvage. Cela a d'abord failli les perdre, quand ici même le progrès faisait rage. Mais ça les a aussi sauvés lorsque le Grand Mal s'est répandu et a tout tué sur notre île principale. Ils y ont résisté, puis ils nous ont envoyé l'une des leurs, avec pour mission de nous apprendre à le repousser. Je suis immédiatement tombé sous son charme. La suite, vous la connaissez maintenant…

Il marque une pause, soupire, puis achève son récit par une question posée du bout des lèvres :

– Savez-vous quelles furent ses dernières paroles, avant de s'en aller ?

Comme Altaïr et Ormo restent muets, il enchaîne d'une voix un peu tremblante :

– « Un jour, je reviendrai chercher ma fille. Pas seulement elle, mais tous les amoureux de la liberté. J'enverrai un messager annoncer que le temps est venu d'abattre les murs que tu as érigés autour d'eux. » Je ne l'ai pas crue, bien sûr…

– Tu aurais dû ! réplique Altaïr, l'index pointé sur l'horizon bosselé, où vient d'apparaître une tache rousse, unique touche de couleur dans cet univers de grisaille.

Ils regardent l'animal approcher, fascinés par son agilité. Même le docteur paraît ébahi. Derrière lui, à travers chaque trouée dans la Muraille, arrivent les premiers fidèles de la femme au renard, ceux des plus proches Bas Quartiers. Ils sont faits de chair, d'acier, peu importe. De minute en minute, ils sont toujours plus nombreux à converger vers le trio.

Feu-Vif se fige à moins de dix pas, oreilles dressées, babines frémissantes. Il s'assied sur une pierre plate et prend le temps de poser son regard noir et brillant sur la petite foule qui s'amasse.

Puis, d'un mouvement du museau, il adresse ce message : « *Qu'est-ce que vous attendez ? Suivez-moi, il est temps !* »

Épilogue

Après le désert de pierre, Altaïr, Ormo et la foule derrière eux arrivent à un pont de fer, qui enjambe les flots gris d'une mer dont le nom se perd dans la mémoire des Anciens.

Il ressemble à celui dont Altaïr a rêvé – ce qui ne l'étonne guère. Si son père était à ses côtés, peut-être lui apprendrait-il qui l'a construit. Mais le docteur a fui pour regagner son palais céleste à bord de l'aérocoptère. Toute sa vie tient dans Anglefer. En dehors d'elle, il ne serait rien – du moins le croit-il. C'est peut-être la sanction qu'il s'inflige en châtiment de ses crimes.

Altaïr ignore ce qui attend son père avec la révolution en train d'éclater, mais elle ne regrette pas son choix. Elle marche d'un bon pas, Ormo à son côté, en tête du cortège. Feu-Vif les entraîne sur le long tablier de métal déroulé au-dessus des vagues et de l'écume.

L'odeur du sel et des embruns fait oublier celle du Schmock. Tout le monde est ébahi ! Ici, plus besoin de foulard filtrant ; tous les visages se révèlent !

Les nuées sombres se dissipent sous l'effet des bourrasques provenant du large. Le ciel trouve l'éclat de diamant qui est parfois le sien au niveau des palais célestes. Et cette fois, il n'est nul besoin d'altitude pour en profiter ! La lumière éclabousse tout le paysage avec générosité.

Peu à peu, se dessine au loin le contour d'une côte tout en rondeurs agréables à l'œil. La variété de ses couleurs surprend Ormo, incapable de trouver les mots pour en décrire autant.

– L'Eireland, murmure Altaïr. Enfin !

Elle presse l'allure, insensible à la fatigue. Car à l'autre bout de l'ouvrage se dresse une silhouette vêtue d'une robe blanche. Ses cheveux blonds volent au vent, libres de tout lien. Feu-Vif la rejoint, tourne trois fois autour d'elle, puis s'enfuit dans les hautes herbes, sa tâche accomplie.

Le cœur d'Ormo bat plus vite. Il sait qui les attend. Il a tant à lui dire, de questions à lui poser…

D'entre les lèvres d'Altaïr, deux syllabes nouvelles fusent :

– Maman !

Certifié PEFC
Ce produit est issu de forêts gérées durablement et de sources contrôlées
PEFC
PEFC/18-32-94
www.pefc-france.org

Achevé d'imprimer en avril 2023 par Rotolito en Italie.
N° d'édition : 23L0126
Dépôt légal : mai 2023
Ce livre est composé de matériaux issus de forêts bien gérées,
certifiées PEFC et d'autres sources contrôlées.